AF320691

CANTIQUES SPIRITUELS

SUR PLUSIEURS POINTS
importans de la Religion & de
la Morale Chrêtienne.

POUR LES CATECHISMES
& les Missions.

Sur les plus beaux Airs anciens & nouveaux,
notez pour en faciliter le chant.

Par Mr l'Abbé PELLEGRIN.

Nouvelle Edition, revûë & corrigée.

Le prix sans les Airs notez est de cinq sols, &
avec les Airs notez de sept sols.

A PARIS
Chez NICOLAS LE CLERC, ruë
S. Jacques, à l'Image S. Lambert,
proche S. Yves.

M. DCCXX.
Avec Approbation, & Privilege du Roy.

CATALOGUE DES OUVRAGES

de Monfieur l'Abbé PELLEGRIN *, impri-
mez chez* NICOLAS LE CLERC, *Libraire à
Paris, ruë S. Jacques proche S. Yves, à l'i-
mage S. Lambert, 1720.*

Cantiques fpirituels fur les points les plus importans de la Religion & fur les quinze myfteres du
Rofaire, in 8°. 2. l. 10. f. & avec les airs notez. 4. l.

Noëls nouveaux I. II. III. IV. V. & VI. recueil reliez enfemble 4. l. 10. f. avec les airs notez.   6. l.

Cantiques pour les Catéchifmes & les Miffions in
12. broché 5. f. avec les airs notez.   7. f.

Lefdits Cantiques & lefdits fix Recueils de Noëls
& Chanfons reliez en un volume, 5. l. 10. f. & avec
les airs notez.   7. l.

Hiftoire de l'ancien & du nouveau Teftament,
avec le fruit qu'on en doit tirer, le tout mis en Cantiques, in 8°. 2. vol. 6. l. 10. f. & avec les airs notez,
7. l. 10. f.

Pfeaumes de David mis en vers françois le latin à
côté, 4. l. 5. f. avec les airs notez.   5. l.

Paftorale du Concert fpirituel fur la naiffance de
Jefus-Chrift, partition in 4°.

Ode à l'honneur de S. François de Sales in 8° broché.   8. f.

Recueil de Poëfies, contenant des Etrenes à tous
les Princes Chrétiens, Odé à Monfeigneur le Duc
d'Anjou fur fon élevation au Trône d'Efpagne, &c.
in 4°. broché.   1. l.

CANTIQUES
SPIRITUELS
SUR PLUSIEURS POINTS
de la Religion & de la Morale
Chrêtienne.

POUR LES CATECHISMES
& les Missions

I *Qu'il faut uniquement servir Dieu.*

Sur l'Air. *Vous ne devez plus attendre Voyez dans*
la Musique le Chant 18

IL faut- 1 qu'un Dieu nous aime,
Et que nous ne l'aimons pas?
Il est plein d'appas
Il est la beauté même
Cedons, cedons a son amour extrême,
Cedons, rendons nous
A des attraits si doux
Il est mort pour nous
A la Croix il s'est livre lui même
Cedons, cedons a son amour extrême,
Cedons, rendons nous
A des attraits si doux.
2. A quoy bon aimer le monde?

Il ne peut nous rendre heureux ;
En vain à nos vœux
Il semble qu'il réponde,
Fuyons, fuyons cette source feconde
De pleurs, de soupirs,
Fuyons ses faux plaisirs.
Changeons de desirs ,
Que sur lui nul espoir ne se fonde ,
Fuyons, &c.

3. Dieu ne souffre aucun partage ,
Il veut être seul aimé ;
Un cœur tout charmé
Du monde qui l'engage
Peut-il, peut-il lui rendre un juste hommage ,
Il faut tout un cœur
Pour un si grand vainqueur.
S'il sent quelque ardeur
Qui le rend infidele ou volage
Peut-il, peut-il, &c.

4. Secondons avec tendresse
Tant de soins qu'il prend pour nous :
Quel sort est plus doux ?
Il faut l'aimer sans cesse ;
Aimons, aimons un Dieu qui nous en presse ,
Aimons à jamais
Un Dieu si plein d'attraits.
La gloire & la paix
Sont les biens qui suivront sa promesse.
Aimons, aimons, &c.

II. *La jeunesse est le tems le plus propre à servir Dieu.*
     Sur l'Air : *Le vent nous appelle*, Chant 23.

1. UN Dieu nous appelle , * La saison est belle ,
Courons à sa voix ; * C'est dans la jeunesse
Qu'il faut qu'on s'enpresse. * De marcher sans cesse
Sous ces aimables loix. * Un Dieu nous appelle, *bis.*
La saison est belle , * Courons à sa voix.
De quoy sert d'attendre ; * Quand il faut se rendre

Peut-on se défendre ✶ D'un si juste choix ?
Quel bonheur extrême ! ✶ C'est Dieu qui nous aime,
C'est le bien suprême, ✶ C'est le Roy des Rois.
Un Dieu, &c.   *bis.*

2. Quand l'âge nous glace ✶ Le feu de la Grace *bis.*
Peut-il nous brûler ? ✶ La vieillesse est lente
A suivre une pente, ✶ Loin d'être constante,
On la voit chanceler, ✶ Quand l'âge, &c.   *bis.*
En vain un Dieu même ✶ Par un soin extrême,
Un Dieu qui nous aime ✶ Veut nous rappeller.
L'enfer nous enchante, ✶ Le mal nous entraîne,
La voix souveraine ✶ A beau nous parler.
Quand l'âge, &c.   *bis.*

3. Que dans la jeunesse ✶ Le pecheur s'empresse, *bis*
De rompre ses fers ; ✶ Un long esclavage
Pese davantage. ✶ Toujours on s'engage
En des liens divers. ✶ Que dans la jeunesse, &c. *bis.*
Plus on suit le crime, ✶ Plus on s'y ranime,
D'abîme en abîme ✶ On cours aux enfers :
Nous laisser surprendre ✶ Sans nous en defendre
N'est ce pas attend e ✶ Cet affreux réveurs ?
Que dans la jeunesse, &c: *bis.*

III. *Qu'il faut suivre Jesus-Christ.*

Sur l'Air : *Suivons l'amour c'est lui, &c.* Chant 15.

1. SUivons Jesus, c'est lui qui nous mêne,
Tout doit sentir ses douces ardeurs ?
Qu'un juste amour vers lui nous entraîne,
Et qu'à jamais il regne dans nos cœurs.

2. Suivons ses pas, il nous y convie,
Prés du nauffrage il nous tend la main ;
Il nous conduit au port de la vie,
Suivons-le donc, il en est le chemin.

3. De la vertu suivons la lumiere,
Le crime n'est qu'une affreuse nuit ;
Le noir enfer borne sa carriere,
Mais c'est au Ciel que la vertu conduit.

4. Dès qu'on entend la voix de la grace,

Il faut se rendre à ces douces loix ;
Si nous avons des cœurs tout de glace ,
L'entendrons-nous encore une autre fois ?
    5.   Quand le Seigneur se montre propice ,
Gardons-nous bien de perdre un seul jour ,
A tous momens craignons sa justice ,
Elle est extrême autant que son amour ,
    6. Regnez , Seigneur , regnez dans nos ames ,
Venez , Seigneur , nos cœurs sont à vous ;
Quand on ressent l'ardeur de vos flâmes ,
De tous les biens on goûte le plus doux.

I.V. *Sur la vocation.*

Sur l'Air : *Qu'il est doux d'être amant.* Chant 13.
1. NOus marchons icy-bas comme en pelerinage
        Pour arriver un jour ,
Au celeste séjour !
Pour être Heureux prenons en ce voyage
Le droit chemin au lieu d'un faux détour.
    2. Dieu nous veut sauver tous , sa voix se fait
Il la faut écouter   [entendre
Il la f aut consulter ,
Elle nous dit quel chemin il faut prendre ,
Et q uel chemin il nous faut éviter.
    3. Gardons nous de marcher avant qu'il nous ap-
La vie ou le trepas   [pelle ,
Dépend du premier pas.
Il offre à tous une gloire immortelle
Mais c'est en vain si on ne la veut pas.
    4 Repondons à sa voix par notre obéïssance ,
Recevons les ardeurs ;
Qu'il inspire à nos cœurs ;
Il fait sur nous éclater sa puissance
Pour nous ravir à d'éternels malheurs.
    5. S'il nous met au chemin qui nous mene à la vie,
Gardons-nous d'en sortir * Et de nous pervertir ,
Aux mouvemens d'une si sainte envie,
Jusqu'aux trepas il faut s'assujettir.

V. *Sur le qu'en dira-on.*

Sur l'Air : *Quand le peril est agreable.* Chant. 12.

1. NOus ne songeons qu'à plaire au monde,
C'est lui seul qui regle nos vœux :
Et c'est à Dieu, pour être heureux,
Qu'il faut que l'on réponde.

2. Nous voyons bien ce qu'il faut faire,
Mais le monde arrête nos pas ;
Il n'a pour nous que trop d'appas,
Nous n'osons lui déplaire.

3. La grace en vain nous fait entendre,
Qu'il faudroit ceder à sa voix ;
Du monde nous aimons les loix,
Nous en voulons dépendre.

4. Si nous voulons changer de vie,
Nous disons au même moment :
On va traiter ce changement
De feinte ou de folie.

5. Nous passerons pour des volages,
Ou du moins pour foibles esprits ;
Et nous n'aurons que des mépris
Si nous devenons sages.

6. Pour une crainte si legere
Faut-il donc perir à jamais ?
Et perdre un bien rempli d'attraits,
Pour suivre une chimere ?

7. Si contre nous le monde s'arme,
Nous avons un Dieu pour appui ;
Quand nous serons auprés de lui,
Que rien ne nous allarme.

8. Aprés les vents, aprés l'orage,
Nous aurons un plus heureux sort,
Et nous seront un jour au port
A l'abri du naufrage.

VI. *Sur les douceurs de la solitude.*
Sur l'Air des Folies d'Espagne. Chant. 3.

1. C'Est ici que regne l'innocence,
C'est ici l'azile de la paix,
C'est icy que le bonheur commence,
C'est ici qu'il ne finit jamais.

2. Si j'entend le rosignol qui chante,
Il m'invite à chanter à mon tour ;
Et d'abord d'une voix languissante,
A mon Dieu je chante mon amour.

3. Des ruisseaux secondant leur murmure,
Je lui parle, & lui dit avec eux,
Puissant Roy de toute la nature,
Je te rends l'hommage de mes vœux.

4. Si je suis sous un épais feuillage
Enchanté du doux bruit des zéphirs,
Aussi-tôt j'imite leur langage
Vers le Ciel je pousse des soupirs.

5. A mes yeux un arbre se presente
Tout courbé sous le poids de son fruit,
D'une voix tendre & reconnoissante
Je benis le Dieu qui l'a produit.

6. Cher desert que tu m'est favorable,
Le repos est le suprême bien ;
Quel bonheur au mien est comparable ?
Avec Dieu l'on ne manque de rien.

VII. *Sur la fuite du monde.*
Sur l'Air: *Comme l'Hirondelle au Printems.* Ch. 19.

1. JE me desabuse aujourd'hui,
Dans le monde on sent trop d'ennui,
Je connois sa fatale ruse ;
Il nous perd en nous flattant,
Il promet tout, mais c'est un inconstant ;
Enfin (*bis*) je me desabuse.

2. Ces funestes charmes sont faits
Pour troubler la plus douce paix,
Pour causer mille & mille allarmes ;

Quand il entre dans un cœur,
Il est tirant aussi tôt que vainqueur,
Je suis (*bis*) ses funestes charmes.

3. Il paroît aimable à nos yeux ,
Son poison est délicieux ,
Il nous plaît quand il nous accable ;
Je renonce à ses appas ,
Il a beau plaire, il ne me touche pas.
En vain (*bis*) il paroît aimable.

4. Rendez-vous propice à ma voix ,
Dieu charmant, qu'à vos douces Loix
Desormais mon cœur obéïsse ;
J'ay pû m'éloigner de vous ,
Mais je reviens calmer votre couroux ,
Seigneur, (*bis*) rendez vous propice.

VIII. *La joye d'un Chrétien retiré du monde.*
Sur l'Air, Que j'étois autrefois un volage berger.
Chant 12.

1. QUe j'étois autrefois accablé de tourmens ?
Mon triste cœur cherchoit l'orage ,
J'allois de naufrage en naufrage ,
Et j'en trouvois à tout moment ;
Mais depuis que le ciel est touché de mes larmes ,
Je goûte un bonheur plein d'attraits ;
Je suis contens, je vis en paix ,
Le Calme a suivi (*bis*) mes allarmes.   *bis.*

2. Loin de moy, vain plaisir, loin de moy faux
attraits ,
Ne venez plus troubler mon ame,
Dieu seul est le bien qui m'enflame,
Allez ne revenez jamais.
Si mon cœur trop long-tems a gemi sous vos chaî-
Enfin il est en liberté,   [nes ,
Et le Seigneur par sa bonté
Finit mes soupirs (*bis*) & mes peines.   *bis.*

3. Je respire à la fin, mes perils sont passez ,
Je voy mon Dieu qui m'est propice,

Il prend mon cœur en sacrifice,
Et tous mes vœux sont exaucez,
Je ne sers plus que lui, je n'ai point d'autre envie :
Il m'a cheri jusqu'en ce jour,
Et je lui dois un tendre amour
Que durera plus (*bis*) que ma vie.   bis,

I X. *Sur la Foy.*

Sur l'Air des Folies d'Espagne. Chant. 3.

1. **D**Ieu charmant qui me tient lieu de Pere,
Dont la main sans cesse me conduit ?
Je suivrai ton flambeau qui m'éclaire,
Au milieu des ombres de la nuit.

2. Ce flambeau, c'est la foy vive & pure,
C'est un don qui vient du haut des Cieux,
Sa vertu surpasse la nature,
Il m'éclaire en me fermant les yeux.

3. Je croy tout, & ne veut rien comprendre,
Puisqu'il faut captiver ma raison :
Elle veut en vain le faire entendre,
Sous la foy je la tiens en prison.

4. Loin d'ici raison audacieuse,
Tes conseils me rendroient malheureux,
oin d'ici clarté pernicieuse,
Tu conduis dans un abîme affreux.

X. *Sur l'Eperance.*

Sur l'Air:*Cherchons la Paix dans cet azile.*Chant 2.

1. **M**A'gré l'enfer mon cœur espere :
De posseder un jour les Cieux :
Je sortirai de la misere
Qu'à tous momens j'éprouve en ces bas lieux,
Maître des Cieux, aimable Pere,
C'est sur vous seul que j'ai toujours les yeux.

2. Fuyez de moy, vaines allarmes ;
Loin de mon cœur, injuste effroy,
Puisque le Ciel a vû mes larmes,
En vain l'enfer conspire contre moy.
Dans ce séjour tout plein de charmes

J'espere voir mon adorable Roy.

3. N'espere plus mon ame au monde,
Ses maux sont vrais, ses biens sont faux,
Et sa faveur est comme l'onde,
Où la tempête éleve mille flots,
Si c'est sur Dieu que tu te fonde,
Lui seul pourra mettre fin à tes maux.

4. Il ne veut pas que tu perisse,
Il est ton Pere il est ton Roy.
S'il ne vouloit que ton supplice
Dans le séjour plein d'horreur & d'effroy
Que deviendroit son sacrifice,
Et tout le sang qu'il a versé a pour toy ?

5. Vous me rendez toute assurance,
Divin Jesus, j'espere en vous,
Et puisqu'enfin votre clemence
A triomphé du plus juste couroux,
Tout affermit mon esperance ;
Je ne perdrai jamais un bien si doux.

XI. *Sur la Charité.*

Sur l'Air : *Petits oiseaux rassurez-vous.* Chant 8.

1. **D**Ieu de bonté, c'est ton amour
Qui t'a reduit à te faire homme,
Par son ardeur qui te consomme,
Tu nous rends heureux chaque jour,
Ah ! que mon ame en est ravie.
Je ne sçaurois meriter tes bienfaits,
Mais enfin si pour toy l'amour à tant d'attraits ,
Helas ! je veux au moins t'aimer tout ma vie.

2. Ah ! quel bonheur ! Ah ! quel plaisir,
De t'adorer & de te suivre ;
C'est pour toy seul que je veux vivre
Tu peux seul combler mes desirs :
Ne faut-il pas que chacun t'aime ?
Sans ton amour il n'est point de vray bien,
De ce monde enchanteur les charmes ne font rien ,
Helas ! c'est en t'aimant qu'on à le bien suprême.

3. Tu nous en fais même une loy,
Est-il de loy plus favorable ?
Puisque sans toy rien n'est aimable :
Quel plaisir de n'aimer que toy ?
Ton tendre amour nous fait connoître
Que par lui seul nous pouvons être heureux,
Tu ne fais cette loy que pour combler nos vœux :
Helas ! peut-on assez aimer un si bon Maître ?

XII. *Il ne faut aimer que Dieu seul.*
Sur l'Air : *Que n'aimez-vous, cœur insensible.*
Chant 24.

1. AH ! quel bonheur ! ✳ Un Dieu nous aime,
Ah ! quel bonheur ! ✳ Quelle douceur !
Nous devons tous l'aimer de même.
Qu'il regne seul dans notre cœur.
Ah quel bonheur ✳ Un Dieu nous aime,
Ah quel honheur ! ✳ Quelle douceur !

2. Que n'aimons-nous ✳ Un Dieu si tendre ?
Que n'aimons-nous ✳ Un bien si doux !
C'est trop tarder, il faut nous rendre,
Craignons de le rendre jaloux.
Que n'aimons-nous, &c.

3. Vivons pour lui, ✳ Portons sa chaîne,
Vivons pour lui, ✳ Dès aujourd'hui.
Si-tôt qu'on l'aime on est sans peine,
Et sans allarmes, & sans ennui.
Vivons pour lui, &c.

XIII. *Resolution de n'aimer que Dieu.*
Sur l'Air: *Pourquoy n'avoir pas le cœur tendre.* Ch.9.

1. OBjet de ma nouvelle flamme,
Je ne veux aimer que toy,
Le monde en vain flatte mon ame,
Non, non, non, je ne suis plus sa loy.

2. Par la douceur de ses caresses
Il voudroit me retenir :
Je me mocque de ses promesses,
Non, non, non, il ne les peut tenir.

3. Il n'a que des biens periffables
Qui m'infpirent du mépris :
Il n'en a point qui foient durables,
Non, non, non, je cherche un autre prix.

4. Tu m'as promis ton heritage,
Ton bonheur fera le mien ;
Je ne veux point d'autre partage,
Non, non, non, il n'eft que ce feul bien.

5. Que tout l'enfer armé confpire,
Mon amour fera vainqueur ;
Demon, je brave ton empire,
Non, non, non, ne preffe plus mon cœur.

6. En vain tu ranimes ta rage
Comme un lion rugiffant,
Tu n'abbatras point mon courage,
Non, non, non, l'amour eft plus puiffant.

7. Puifque mon Dieu devient lui-même,
Et ma force & mon appuy;
Je brave ta fureur extrême,
Non, non, non, rien n'eft plus fort que luy.

XIV. *Le Pecheur endurcy.*
Sur l'Air : *Aimable vainqueur.* Chant 1.

1. PEcheur obftiné, ✳ Cœur infortuné,
C'eft trop te défendre ; ✳ Faut-il attendre
D'être condamné ? ✳ Dieu te menace,
Vois-tu ta difgrace ✳ Sans être étonné ?
Deja fon courroux ✳ Gronde fur ta tête ;
Previens la tempête, ✳ Tremble fous fes coups ;
Sans t'allarmer ✳ Tu le vois s'armer :
Son bras prend la foudre ✳ Pour te mettre en poudre,
Tu fçûs l'allumer : ✳ Sans repentir
Peux-tu te refoudre ✳ A la voir partir ?

2. Quoy ! tu ne crains pas ✳ L'éternel trépas ?
L'enfer fe découvre, ✳ La terre s'ouvre
Déja fous tes pas ; ✳ Dieu te rappelle.
Mais ton cœur rebelle ✳ N'en fait point de cas :
Tu vas donc perir, ✳ Ton penchant t'entraîne,

Tu cherches ta peine, ✻ Je t'y vois courir,
L'enfer t'attend : ✻ Et dans un inftant
D'un Dieu redoutable, ✻ D'un Juge implacable
Le bras éclatant ✻ Tombe fur toy :
Peux-tu fier coupable ✻ Etre fans effroy ?

XV. *La mort des Pecheurs.*

Sur l'Air: *J'entends déjà le bruit des armes.* Chant 4.

1. AH ! que la mort eft effroyable
Pour le pecheur qu'un Dieu pourfuit !
Il voit un Juge redoutable
Dont la fureur par tout le fuit,
Et dans ce jour ce cœur coupable
N'attend que l'éternelle nuit.

2. Que fa frayeur eft légitime,
Quand rien ne peut le fecourir,
La mort le traîne dans l'abîme,
Il voit l'enfer prêt à s'ouvrir;
Il n'a vêcu que dans le crime,
Et dans le crime il faut mourir.

3. Il faut dire un adieu funefte
Aux vains honneurs, aux faux plaifirs,
Le bonheur du féjour celefte
N'eft pas permis à fes defirs,
Et déformais il ne lui refte
Que des tourmens & des foûpirs.

4. Et dans les cieux & fur la terre,
Tout ne fert qu'à le tourmenter,
Un Dieu vangeur luy fait la guerre,
Il ne fçauroit lui refifter,
Il a déja pris le tonnerre
Qu'il va fur lui faire éclater.

5. Lorfque la mort vient le furprendre,
Il voit en quittant ces bas lieux,
Tous les biens qu'il pouvoit prétendre
S'il eût voulu gagner les cieux,
Il voit les maux qu'il doit attendre
Mais c'eft trop tard ouvrir les yeux.

XVI. *Le jugement.*

Sur l'Air : *Petits oiseaux raſſurez-vous.* Chant 8.

1. DIvin Sauveur, exauce-moy,
Taris la ſource de mes larmes ;
Deviens ſenſible à mes alarmes,
Dans ce jour tout rempli d'effroy ;
Déja mon ame criminelle
Frémit d'horreur de paroître à tes yeux :
L'univers eſt en feu, je vois trembler les cieux,
Helas ! delivre-moy de la mort éternelle.

2. Je crois entendre en ce moment
Le ſon affreux de la trompette :
Dans quelle crainte elle me jette !
Ah ! quel eſt mon ſaiſiſſement ?
En quel état ſera mon ame
Si mon Sauveur eſt un Juge irrité ;
Le moyen que pour lors j'implore ſa bonté ;
Helas ! il jugera le ſiecle par la flamme.

3. C'eſt pour gémir, c'eſt pour trembler
Que ſur la terre je reſpire,
Que de frayeur ce jour m'inſpire !
Tout ne ſert qu'à la redoubler.
Sans en fremir peut-on attendre
Ce jugement ſi terrible pour tous ?
Et ſi j'ai merité tes plus terribles coups,
Helas ! de ta fureur pourrai-je me défendre ?

4. Que ce grand jour doit être affreux ?
Ce jour terrible de colere,
Ce jour d'horreur & de miſere,
Qu'il va faire de malheureux ;
Ce jour affreux, ce jour terrible
Sera ſuivi des horreurs de la nuit :
Juſqu'au fond des enfers ton bras qui nous pourſuit,
Helas ! de ce ſéjour fait un ſéjour horrible.

XVII. *Autre ſur le Jugement.*

Sur l'Air : *J'entens déja le bruit des armes.* Ch. 4.

1. J'Entens le ſon de la trompette,
Un Dieu m'appelle au jugement,   B ij

Je sens déja l'horreur secrette
Qui me saisit au monument;
Dans quel effroy ce jour me jette!
Que deviendrai-je en ce moment?

2. Cette journée est la derniere,
Et l'Ecriture s'accomplit,
L'astre du jour perd sa lumiere,
Je voy la lune qui pâlit,
Et dans les feux la terre entiere
Qui pour jamais s'ensevelit.

3. Les élemens se font la guerre,
Et la nature va perir,
Le Ciel fait gronder le tonnere,
Et les enfers se vont ouvrir,
C'est un Dieu qui juge la terre,
Ah! qui pourra me secourir?

4. J'entendis cent fois sa menace,
Et la bravay le plus souvent,
Comment pourrois-je attendre grace,
Que répondrai je au Dieu vivant?
Moy qui ne suit devant sa face
Qu'un peut de poudre, un peut de vent.

5. Je ne sçaurois prendre la fuite,
On m'a fermé tous les chemins,
Mon ame au desespoir réduite
Devant le Maître des humains
Doit se livrer à sa poursuite,
Et tout mon sort est dans ses mains

6. Venez les benis de mon Pere,
Dit-il à ses bons serviteurs,
Ne redoutez point ma colere,
Je n'ai pour vous que des douceurs;
Le Ciel devient votre salaire,
Je vous en fais les possesseurs.

7. Pour vous que le peché funeste
Rendit mes ennemis mortels,
Pour tout espoir l'enfer vous reste,

C'eſt le ſeul prix des criminels ;
Allez maudis que je déteſte ,
Allez dans les feux éternels.

8. Dieu tout-puiſſant , Dieu tout terrible ,
C'eſt à vous ſeul que j'ai recours ,
Grand Dieu , ma perte eſt infaillible ,
Si je n'obtiens vôtre ſecours :
A mes ſoupirs ſoyez ſenſible ,
Attendez encor quelques jours ,

XVIII. *Le pecheur repentant.*
Sur l'Air : *La bergere que je ſers. Chant 2.*

1. DIeu qui pour me racheter
Êtes mort ſur le Calvaire ,
Vous pouviez faire éclater
Contre moy votre colere ,
J'ai trop ſçu la meriter
Fils ingrat envers mon Pere ;
Mais penſez , adorable Roy ,
Que vous êtes mort poûr moy.

2. J'ai mépriſé vos bienfaits ,
Redempteur de la nature ;
J'ai ſuivi les faux attraits
Que m'offroit la creature ;
Je merite déſormais
Et l'enfer & la torture ;
Mais penſez , adorable Roy.
Que vous êtes mort pour moy.

3. Vous vouliez me convertir ,
Et je n'oſois m'y reſoudre :
J'attendois ſans repentir
Tout l'éclat de votre foudre ;
Elle étoit prête à partir ,
Et devoit me mettre en poudre ;
Mais penſez , adorable Roy ,
Que vous êtes mort pour moy.

4. Appaiſez votre couroux ,
Et me devenez propice ,

Regardez d'un œil plus doux
De mon cœur le sacrifice,
Je soûpire à vos génoux
Pour flechir votre justice;
Pensez donc, adorable Roy,
Que vous êtes mort pour moy.

XIX. *Le retour du Pecheur à Dieu.*

Sur l'Air : *Suivons, suivons l'amour, &c.* Ch. 16.

1. QUe mon destin est doux ! tout répond à mes
            vœux.
Ah ! ah ! ah ! que je suis heureux.

2. J'ai sçû flechir le Ciel, il n'est plus irrité,
Ah ! ah ! ah ! quelle est sa bonté !

3. Ingrat à tes bontez, j'ai pû trahir ta loy,
Ah ! ah ! ah ! je reviens à toy.

4. Mon Dieu se donne à moi, c'est le suprême bien,
Ah ! ah ! ah ! je ne veux plus rien.

5. Blessez, blessez mon cœur de vos aimables traits,
Aa ! ah ! ah ! qu'ils auront d'attraits.

XX. *La mort des Justes.*

Sur l'Air : *On dit que vos parens sont autant de Cen-
taures. Air de* Trompete. Chant 7.

1. APrès le cours heureux d'une vie innocente,
    Le sort qui la finit n'est pas un triste sort ;
Notre bonheur s'augmente
En approchant du port,
On voit sans épouvante ✻ La mort.

2. Tout ce qu'elle a d'affreux ne sçauroit nous
        surprendre.
Sans allarmer nos cœurs elle est devant nos yeux;
Nous ne pouvons prétendre
De bonheur en ces lieux,
La mort nous fait attendre ✻ Les cieux.

3 Nous sommes ici-bas dans un séjour de larmes,
Le jour qui les tarit est un jour plein d'attraits.
Qu'il a pour nous de charmes,
Il comble nos souhaits,

On goûte sans allarmes * La paix.

4. Ce favorable jour termine notre peine,
On dit aux soins fâcheux un éternel adieu ;
La mort brise la chaîne
Qui nous tient en ce lieu,
C'est elle qui nous mene * Vers Dieu.

5. Nous ne voyons ici que la nuit la plus sombre,
Mais la clarté du ciel succede à cette nuit ;
S'il a des biens sans nombre
La mort nous y conduit :
Le monde n'est qu'une ombre * Qui fuit.

XXI. *La Madeleine aux pieds du Sauveur.*
Sur l'Air : *Vous brillez seule en ces retraites.* Chant 17.

1. OBjet de ma nouvelle flâme,
Divin amant trop long temps negligé,
Jesus, je vous donne mon ame,
C'en est fait *(bis)* mon cœur est changé.

2. Si je languis, si je soupire,
Dieu de mon cœur, ce n'est plus que pour vous ;
Seigneur, vous pouvez me suffire,
Ce seul bien *(bis)* me tient lieu de tous.

3. Soyez sensible à ma misere,
Voyez mes pleurs, rien ne les peut tarir.
Helas ! si vous êtes mon Pere,
Ma langueur *(bis)* doit vous attendrir.

4. Je ne viens pas cacher mon crime,
Et si je viens embrasser vos genoux,
C'est pour vous offrir la victime,
Mais helas *(bis)* suspendez vos coups.

5. Suivez plûtôt votre clemence,
Permettez moy d'implorer son secours ;
Elle est mon unique esperance,
Et j'en fais *(bis)* mon dernier recours.

6. Ah ! quel amour ! quelle tendresse !
Vous m'exaucez, le pardon m'est promis,
Pour moy votre cœur s'interesse,
Mes pechez *(bis)* me sont tous remis.

7. Enfin mon cœur connoît les charmes
Dont il s'étoit jusqu'ici défendu ;
Pourrai-je employer trop de larmes
A pleurer (*bis*) tant de temps perdu.

8. Je commençay par les délices,
Je m'en repens, & je veux m'en punir :
Je vais les changer en supplices,
C'est par là (*bis*) qu'il me faut finir.

XXII. *Pieuse exhortation à son ame.*
Sur l'Air : *Vivons heureux, aimons-nous.* Chant 27.

1. C'Est Dieu que tu dois aimer ? * Mon ame,
C'est Dieu que tu dois aimer ;
Est-il de plus belle flâme ?
Quel bien te peut mieux charmer ?
C'est Dieu que tu dois aimer, * Mon ame,
C'est Dieu que tu dois aimer.

2 Renonce aux biens d'ici-bas, * Sans peine,
Renonce aux biens d'ici-bas,
Peux-tu dans leur dure chaîne
Trouver de si doux appas. * Renonce, &c.

3. Méprise ses vains plaisirs * Qui passent,
Méprise ses vains plaisirs ;
Un jour ces beautez s'effacent,
La mort borne tes desirs. * Méprise, &c.

4. Dieu seul fait le vrai bonheur * Durable,
Dieu seul fait le vrai bonheur ;
Le monde n'a rien de stable,
Le monde est un imposteur. * Dieu seul, &c.

5. Tu dois soupirer pour lui * Sans cesse,
Tu dois soupirer pour luy :
Tu vois quelle est sa tendresse,
Commence dès aujourd'hui. * Tu dois soupirer, &c.

XXIII. *Entretiens amoureux d'une ame avec Dieu.*
Sur l'Air : *Petits oiseaux rassurez vous.* Chant 8.

1. DIvin Jesus, je suis à vous,
C'est pour vous seul que je soupire :
Vivre & mourir sous vôtre empire,

C'est le bien le plus grand de tous.
Je n'aime plus la creature ,
Tous ses appas sont trop bas pour mon cœur ,
Si ce cœur doit brûler d'une amoureuse ardeur ,
Helas ! il doit aimer l'Auteur de la nature.

2. O tendre soin ! ô douce loy !
Vous ordonnez que je vous aime ,
Vous ne trouvez que dans vous-même
Un objet assez grand pour moy ,
Mais si mon ame en est trop fiere ,
Je n'ay qu'à voir , pour punir son orgüeil ,
D'où je viens, où je vais, ma source, mon cercüeil ,
Helas ! je vois par tout la cendre & la poussiere.

3 Si mon neant doit m'allarmer ,
Votre bonté fait que j'espere ,
Je suis indigne de vous plaire :
Mais enfin vous daignez m'aimer.
L'amour ne trouve point d'obstacles ,
Il vous força de descendre des Cieux ,
Il vous a fait mortel , il nous a fait des Dieux ;
Hels ! c'est à lui seul à faire ces miracles.

4. Embrasez-moy de cet amour ,
Ne souffrez pas qu'un autre flâme
Brûle mon cœur , regne en mon ame ,
Ah ! plûtôt ôtez-moy le jour :
Toute autre ardeur seroit coupable :
Vous auriez droit de vous en offenser ,
D'un si juste devoir me puis-je dispenser ?
Helas ! je vous dois tout, vous êtes tout aimable.

XXIV. *Contre le luxe & l'immodestie dans les habits.*
Sur l'Air : *Tu croyois en aimant la Colette.* Ch. 26.

1. A Quoy bon ces parures vaines
Ces ornemens trop affectez ?
Vous nous flattez, pompes mondaines ,
Et nous flattant , vous nous perdez.

2. Quel desir toûjours nous enflâme ?
Nous ne pensons qu'à notre corps ,

Nous negligeons d'orner notre ame ,
C'est le plus beau de nos tresors.

3. Tous ces soins que l'on prend de plaire :
Causent souvent un triste sort ;
C'est un plaisir qu'on voudroit faire
Et ce plaisir donne la mort.

4. Nous causons de coupables flâmes
Par des attraits pernicieux ,
Et le poison va jusqu'aux ames ,
Si-tôt qu'il entre par les yeux.

5. Quand le luxe à prix son empire ,
Nous ne sentons que les ardeurs ,
Et l'indigent en vain soupire ,
Il ne sçauroit toucher nos cœurs.

6. Vous voyez l'indigence nuë ,
Dépoüillez-vous en sa faveur ,
Un pauvre s'offre à votre vûë ,
Couvrez ce membre du Sauveur.

7. Ses Arrêts dépendront des vôtres ,
Dans le grand jour de son courroux ;
Si vous n'avez pitié des autres ,
Il n'aura pas pitié de vous.

XXV. *Contre l'Envie.*

Sur l'Air : *Quand le peril est agreable.* Chant 18.

1. VOus qui voyez d'un œil d'envie
Le bonheur de votre prochain ,
Vous prétendez troubler en vain
Le repos de sa vie.

2. Le Ciel armé pour sa défense
Le rendra vainqueur malgré vous ;
Il a toûjours contre vos coups
Protegé l'innocence.

3 C'est la vertu que le Ciel aime :
Malheureux ! Vous la haïssez ;
Mais tous les traits que vous lancez
Retombent sur vous-même.

4. Que votre crime est detestable !

Avez-vous encore la raison,
Quand vous formez votre poison,
Du bien le plus aimable !

5. Que votre sort est déplorable !
Le bonheur pour vous est affreux :
On ne vous voit jamais heureux,
Si l'on n'est miserable.

6. Votre prochain comblé de gloire,
Au combat vous doit animer,
Et vous pouvez sans vous armer
Remporter la victoire.

7. Dans son éclat laissez-le vivre,
Sa vertu n'a rien d'odieux,
Exposez-la devant vos yeux,
Comme un exemple à suivre.

XXVI. *Contre le mauvais exemple.*
Sur l'Air : *Cherchons la paix dans cet azile,*
Chant 2.

1. QUand notre cœur se porte au crime,
Par un penchant tout naturel,
Quand ce penchant peu legitime
Presqu'en naissant rend l'homme criminel
Faut-il qu'au mal on nous anime
Par un exemple aussi doux que mortel.

2. Malheur à vous, fameux coupables,
Vous qui perdez tout l'Univers,
Vous rendra-ton moins miserables
Pour partager vos peines & vos fers.
Monstres cruels, impitoyables,
Vous devenez ministres des enfers,

3. Vous meritez bien plus de blâme
Lorsqu'on vous voit & qu'on vous suit,
C'est allumer ailleurs la flâme
Que le peché dans votre cœur produit ;
Vous répondrez ame pour ame
De l'innocent que vous avez séduit.

4. Dans la fureur qui vous anime

Que vous portez d'horribles coups !
Vous commettez un double crime,
Vous redoublez le celeste courroux,
Et prêts de tomber dans l'abîme,
Vous entraînez les autres avec vous.

XXVII. *L'obligation des enfans envers leurs parens.*
Sur l'Air *de Joconde.* Chant 5.

1. SI vous voulez au vray bonheur
    Avec raison prétendre,
Enfans suivez avec ardeur
Là route qu'il faut prendre,
Il faut aimer votre prochain,
Mais sur tout pere & mere ;
Si cette loy vous parle en vain,
Le sang peut il se taire.

2. Il faut répondre au tendre soin
Qu'ils ont pour votre enfance,
Et lorsqu'ils sont dans le besoin
Partager leur souffrance ;
Avec ardeur les secourir
Quand le malheur les presse,
Les honorer & les chérir,
Supporter leur foiblesse.

3. Que le Sauveur du Genre humain
Vous serve de modele,
Il vous en montre le chemin,
C'est un guide fidele ;
De l'Eternel il est le Fils,
Le Ciel est sa patrie,
Et cependant il est soûmis
A Joseph, à Marie.

XXVIII *Sur la necessité de la Penitence*
Sur l'Air des folies d'Espagne. Chant 3.

1. UN chacun doit faire penitence ;
    C'est en vain qu'on veut s'en exempter ;
Si le Ciel est notre recompense,
C'est par là qu'il faut le meriter.

2. Cette loi devient indispensable ,
Dés qu'un Dieu sur la Croix veut mourir.
Soyez-vous innocent ou coupable ,
Il vous faut également souffrir.

3. Si nos cœurs se sont livrez au crime ,
Pouvons-nous assez-tôt l'expier ?
Notre chair doit être la victime
Qu'il nous faut d'abord sacrifier.

4. Nous servons un Dieu tout redoutable,
Justement il peut nous condamner ,
Nous servons un Sauveur tout aimable,
Son plaisir est de nous pardonner.

XXIX. *Sur les dispositions à la Confession.*
Sur l'Air : *Cherchons la paix dans cet azile.* Ch. 2.

1. Dieu tout-puissant , je vous implore ,
Voyez l'excès de mes douleurs ;
Mon crime est grand , je le déplore ,
Pour l'effacer c'est trop peu de mes pleurs :
Mais votre amour veut être encore
Cent fois plus grand que ne sont mes malheurs.

2. Ah ! j'ai peché , je le confesse ,
Je dois sentir votre couroux :
Mais de quoy sert votre tendresse ,
Si le pecheur doit tomber sous vos coups ?
Ayez pitié de ma foiblesse ,
Je n'ai plus rien , je n'ai d'espoir qu'en vous.

3. Enfant ingrat envers mon Pere ,
Sujet armé contre mon Roy ,
Je ne sçaurois vous satisfaire ;
Divin Sauveur , calmez mon juste effroy ,
Par votre Mort , par le Calvaire.
Où votre sang fut répandu pour moy.

Acte de Contrition.

4. Quoi ! voudrez-vous , Juge infléxible ,
Faire éclater votre courroux ?
Ah ! ce n'est pas l'enfer terrible
Qui me contraint d'embrasser vos genoux.

C

L'enfer n'a rien de plus horrible .
Que le malheur d'être haï de vous.

Attrition.

5. Votre rigueur est legitime ,
J'ai merité vos châtimens ;
Mais faudra t-il que sur mon crime
Un Dieu si bon mesure mes tourmens.
Prêt à frapper votre victime ,
Prêtez l'oreille à ses gemissemens.

6. Mon crime est grand , il est extrême
Mon repentir l'est à son tour ;
C'est moins pour moy que pour vous-même
Que mes douleurs éclatent en ce jour :
Je vous perdrois , & je vous aime ,
Tous mes soupirs sont des soupirs d'amour.

Ferme propos de ne plus offenser Dieu.

7. Que le peché m'étoit funeste !
Qu'il me porta de coups mortels !
Je le connois , je le déteste ;
Je vais changer des jours si criminels ;
Dieu tout-puissant , je le proteste ,
Je vous le jure au pieds de vos Autels.

Satisfaction.

8. Je jure encore de satisfaire ,
J'ai commencé , je veux finir :
De tout le mal que j'ai sçu faire ,
Pour l'expier je dois me souvenir ;
Quand vous calmez votre colere ,
Vous me chargez du soin de me punir.

XXX. *Acte de contrition.*
Sur l'Air : *Vous brillez seule en ces retraites.* Ch. 17
1. VOus qui voyez couler mes làrmes ,
Divin Jesus , calmez votre couroux ;
Seigneur , finissez mes allarmes ,
Je n'ai point (*bis*) d'autre espoir qu'en vous.

2. Je fus ingrat , je fus coupable ,
J'ai merité toute votre rigueur ,

J'ai pû, Redempteur adorable ,
Vous bannir (*bis*) de mon lâche cœur.
   3 Si vous frappez votre victime ,
Contre vos coups je ne puis murmurer ,
Je vois la grandeur de mon crime ,
Et lui seul (*bis*) me fait expirer.
   4. Si vous suivez votre justice ,
Je dois perir , mon malheur est certain ,
Déja j'entrevois mon supplice ;
Ah *!* Seigneur (*bis*) tendez-moi la main.
   5. Du noir enfer l'horreur extrême ,
N'excite point mes mortelles douleurs ;
Grand Dieu , je vous crains, je vous aime ,
Mais l'amour (*bis*) fait couler mes pleurs.
   6. Votre beauté toute adorable
Des plus beaux feux doit toûjours m'enflammer ;
Seigneur , je vous vois tout aimable ,
Puis-je encore (*bis*) ne vous pas aimer.
  XXXI. *Ferme propos de ne plus offenser* **Dieu.**
Sur l'Air : *Reveillez-vous belle endormie.* **Ch. 14.**
1. SEigneur , dont la main me délivre
   Des fers de mon iniquité ,
C'est pour toi seul que je dois vivre ,
Si je veux vivre en liberté.
   2. Loin de mon cœur, monstre terrible ,
Cruel peché , retire-toy :
Un Dieu pour moy devient sensible ,
Je ne veux suivre que sa loy.
   3 Suprême bien , beauté parfaite ,
Je veux t'aimer jusqu'au tombeau :
Pour t'adorer mon ame est faite ,
Peut-elle faire un choix plus beau.
   4. Plus tu merites que je t'aime ,
Plus le peché m'est odieux ,
Je quitterois le bien suprême ,
Si le peché regnoit aux Cieux.
   5. Anges sacrez , je vous atteste ,

Soyez témoins de mon serment ;
Je suis à Dieu je le proteste,
Jusques à mon dernier moment.

XXXII. *Action de graces du Pecheur converti.*
Sur l'Air : De Joconde. Chant 5.

1. SEigneur que vos divins bienfaits
   Pour moi sont pleins de charmes !
Il m'est permis de vivre en paix ,
Je ne crains plus d'allarmes ;
Doux Redempteur du Genre humain ,
Comment vous puis-je rendre
Tant de tresors que votre main
Sur moi vient de répandre ?

2. Réduit au plus funeste état ,
Par vos soins je respire ,
Je ne sçaurois sans être ingrat
M'empêcher de le dire :
Vous avez sçû briser més fers ,
J'en garde la memoire ;
Moi qui fut digne des enfers ,
J'aspire à votre gloire.

3. Seigneur , sans vous j'étois perdu ,
J'étois dans l'esclavage.
Ce doux espoir qui m'est rendu
Est votre unique ouvrage.
Je n'avois plus qu'à faire un pas
Pour tomber dans l'abîme ;
Vous m'avez sauvé du trépas
En pardonnant mon crime.

4. A ne chanter que votre amour
Je vais mettre ma gloire ,
Et j'aime mieux perdre le jour
Qu'en perdre la memoire :
Je chanterai vos biens charmans ,
Je n'ai point d'autre envie ;
Ne dois je pas tous mes momens
A qui je dois la vie ?

5. Trompeurs appas, fauſſe clarté,
Ce n'eſt plus vous que j'aime,
S'il eſt pour moi quelque beauté,
C'eſt dans le bien ſuprême.
Je ne prétens dés aujourd'hui
Que ce ſeul bien durable ;
Et je ne veux aimer que lui,
Puiſqu'il eſt ſeul aimable,

XXXIII *Les diſpoſitions à la ſainte Communion.*
Sur l'air : *Petits oiſeaux raſſurez-vous.* Chant 8.

1. DIvin Agneau, qui ſur l'Autel,
Vous immolez pour un coupable,
Et qui daignez à vôtre Table
Appeller un ingrat mortel,
Ah ! quel amour ! qu'il eſt extrême!
Je n'en ſçaurois exprimer la grandeur.
Vous allez m'élever au comble du bonheur:
Helas!dans ce feſtin vous vous donnez vous mêmes.

Acte de Foy.

2. C'eſt à la foy que j'ai recours
Pour me ſoumettre à ce myſtere,
C'eſt elle ſeule qui m'éclaire :
Je ne voy que par ſon ſecours ;
La ſeule foy me fait entendre
Que ſous ce pain à mes yeux preſenté,
Vous cachez votre Corps, votre Divinité :
Helas ! que de treſors ſur moy ſe vont répandre.

Acte de Charité.

3. Tout parle ici de votre amour,
Brillant Auteur de la nature :
Pour une indigne creature
Vous quittez l'immortel ſéjour.
Ce même amour vous ſacrifie,
Il me fait voir comme il faut vous aimer ;
De vos ſaintes ardeurs c'eſt peu de m'enflammer :
Helas ! je dois pour vous cent fois donner ma vie.

Acte d'Humilité.

4. Je suis saisi d'un saint effroy :
Le Roy du Ciel & de la Terre,
Le Dieu qui lance le tonnerre,
Aujourd'hui daigne entrer chez moy.
Comblé des biens que vous me faites,
Je reconnois mon néant à vos yeux ;
Et bien loin d'être fier d'un sort si glorieux,
Je vois ce que je suis, je vois ce que vous êtes.

Acte d'Esperance.

5. Si vos grandeurs me font trembler
Dans cet auguste Sacrifice,
J'y trouve aussi, Sauveur propice,
Des bontez pour me consoler ;
Quand mon espoir devroit s'éteindre,
Par votre amour je le sens ranimer :
Je ne suis qu'un mortel, mais vous daignez m'aimer :
Helas ! j'espere tout lorsqu'il ne faut tout craindre.

Acte de Remerciment.

6. Par quels honneurs, par quel encens,
A tant de biens faut-il répondre ?
Tout ne me sert qu'à me confondre,
Mes respects sont trop impuissans,
Eternisez dans ma mémoire
Le sort heureux que m'a fait votre amour :
Achevez mon bonheur, & m'accordez un jour
Helas ! de vous benir au comble de la gloire.

XXXIV. Autre sur la sainte Eucharistie.

Sur l'Air : *Je ne veux de Tircis.* Chant 11.

Doux objet de mes vœux, délices de mon cœur,
Dieu tout charmant, beauté suprême :
Ton amour est enfin vainqueur,
pour toi le mien est extrême.

2. Quel excès de bonté je voi sur cet Autel !
Le Dieu qui lance le tonnerre,
Sans quitter son trône éternel
descend pour moi sur la terre.

3. Que de biens à la fois ! que notre sort est doux!
Ton corps nous sert de nourriture ;
Et ton sang qui coule pour nous
Enrichit toute la nature.

4. Tu me donnes ton corps , je viens t'offrir mon
Pour tout ton sang reçois mes larmes ,   [cœur.
Je ne puis sentir trop d'ardeur
Pour un bien si rempli de charmes.

5. Tous les biens d'ici-bas n'ont que de faux at-
Ils ne sont doux qu'en apparence ;   [traits.
Mais , Seigneur , tes moindres bienfaits
Vont plus loin que mon esperance.

6. D'un amour éternel je jure de t'aimer ,
Et cet amour doit être extrême :
On ne peut assez s'enflammer
Quand il faut aimer un Dieu même.

XXXV. *Sur la Conception immaculée de la sainte*
Vierge.
Sur l'Air : *Chantons , je vous prie , Noël hautement.*
Chant 31.

1. MAlgré ta colere * Tyran des enfers ,
Une Vierge Mere * Echape à tes fers :
Ta rage est déçuë * Demeure caché ,
Marie est conçuë * Sans aucun peché.

2. La chûte fatale * Des premiers parens,
Devient generale * Pour tous leurs enfans ;
Le Seigneur propice * Acourant soudain ,
Près du précipice * Lui tendit la main.

3. Lorsqu'à sa menace * Tout fremit d'effroy ,
Elle trouve grace * Auprés de son Roy ;
Il la justifie, * Et lui dit tout-bas ,
Ne crains point , Marie , * Tu ne mourras pas.

4. Va-t'en sur la terre * Verser mes bienfaits ,
Je lui fis la guerre , * Porte lui la paix.
Que rien ne t'arrête: * Ton pied triomphant
Doit briser la tête * De l'ancien serpent.

5. S'il te voyoit naître * Esclave à ton tour ,

Le demon peut être * Me diroit un jour:
Majesté suprême, * Dieu de l'Univers,
Ta mere elle-même * A porté mes fers.

XXXVI. *Desirs de la venuë de Jesus-Christ.*
Sur l'Air : *Laißez paître vos bêtes.* Chant 32.

1. VEnez, divin Messie,
Sauvez nos jours infortunez,
Venez, source de vie, * Venez, venez, venez,
Ah ! descendez, hâtez vos pas,
Sauvez les hommes du trepas,
Secourez-nous, ne tardez pas.
Venez, divin Messie,
Sauvez nos jours infortunez,
Venez, source de vie, * Venez, venez, venez.

2. Ah ! desarmez votre courroux,
Nous soupirons à vos genoux;
Seigneur, nous n'esperons qu'en vous.
Pour nous livrer la guerre
Tous les enfers sont déchaînez,
Descendez sur la terre, Venez, venez, venez.

3. Que nos soupirs soient entendus,
Les biens que nous avons perdus
Ne nous seront-ils point rendus ?
Voyez couler nos larmes,
Grand Dieu si vous nous pardonnez,
Nous n'aurons plus d'allarmes,
Venez, venez, venez.

4. Si vous venez en ces bas lieux,
Nous vous verrons victorieux,
Fermer l'enfer, ouvrir les Cieux,
Nous l'esperons sans cesse,
Les Cieux nous furent destinez ;
Tenez votre promesse, * Venez, venez, venez.

5. Ah ! puissions nous chanter un jour
Dans votre bienheureuse Cour,
Et votre gloire & votre amour ;
C'est là l'heureux partage

De ceux que vous predestinez ,
Donnez-nous en un gage , * Venez, venez, venez.

XXXVII. *Les biens que nous apporte Jesus - Christ
en naissant.*

Sur l'Air : *Aimable vainqueur.* Chant 1.

1. LE Maître des Cieux * Vient naître en ces lieux,
Qu'on chante sa gloire ; * De sa victoire
Remplissons les airs ; * S'il veut descendre
C'est pour nous défendre , * pour briser nos fers.
Il borne le cours * D'un triste esclavage
Il est dans l'orage * Notre seul recours :
Ennuis , langueurs , * Sortez de nos cœurs ,
La paix éternelle * Enfin nous appelle
Quel prix de nos pleurs ! * O jour heureux
La gloire immortelle * Va combler nos vœux

2. Tyran des enfers , * Nous sortons des fers,
Il n'est plus d'allarmes , * Tout a des charmes
Dans cet heureux jour : * Ta rage est vaine,
Redouble ta peine , * Gemis à ton tour :
Un Dieu plein d'appas * Enfin nous éclaire ,
Il nous sert de Pere * Nous suivons ses pas :
Va loin de nous *Porter ton courroux :
Le Dieu du Tonnerre* Te livre la guerre,
Redouble tes coups , * L'heureuse paix
Revient sur la terre. * Et c'est pour jamais.

XXXVIII. *Les Pasteurs de Bethléem reconnoissent
Jesus-Christ pour Fils de Dieu , & luy adressent
leurs vœux.*

Sur l'air : *Où s'en vont ces gays bergers.* Chant 33.

1. CA Bergers assemblons nous,
Allons voir le Messie ,
Cherchons cet enfant si doux
Dans les bras de Marie;
Je l'entends, il nous appelle tous ,
O sort digne d'envie.

2. Laissons-là tout ce troupeau,
Qu'il erre à l'avanture ,

Que sans nous sur ce côteau
Il cherche sa pâture.
Allons voir dans un petit berceau
L'Auteur de la nature.

3. Que l'hyver par ces frimats
Ait endurci nos plaines,
S'il croit arrêter nos pas,
Cette croyance est vaine,
Quand on cherche un bien rempli d'appas,
On ne craint point de peine.

4. Sa naissance sur ses bords
Ramene l'allegresse,
Repondons par nos transports
A l'ardeur qui le presse,
Secondons par de nouveaux efforts
L'excès de sa tendresse.

5. Nous voici près du séjour
Qu'il a pris pour azile,
C'est ici que son amour
Nous fait un fort tranquile,
Ce Village vaut en ce grand jour
La plus superbe Ville.

6. Dieu naissant, exauce-nous,
Dissipe nos allarmes ;
Nous tombons à tes genoux,
Nous les baignons de larmes :
Hâte-toi de nous donner à tous
La paix & tous ses charmes.

XXXIX. *Protestation d'un Chrétien à Jesus-Christ.*
Sur l'Air : *Charmante Gabrielle.* Chant 29.

1. BEl Astre que j'adore
Soleil qui luis pour moi,
C'est toi seul que j'implore,
Je veux n'aimer que toi,
C'est ma plus chere envie
Dans ce beau jour,
Où je ne dois la vie ✱ Qu'à ton amour.

2. Du fond de cette Creche
Où tu te laisse voir,
Ton amour ne me prêche
Qu'un si tendre devoir. ✶ C'est ma, &c.

3. C'est pour sauver mon ame
Que tu descens des cieux :
De ta divine flamme
Que je brûle en ces lieux. ✶ C'est, &c.

4. Du monde qui me presse
Je ne suis plus charmé,
Je veux t'aimer sans cesse
Comme tu m'as aimé. ✶ C'est ma, &c.

5. Je m'attache à te suivre,
Toi seul peut m'attendrir,
Pour toi seul je veux vivre,
Pour toi je veux mourir. ✶ C'est ma, &c.

6. Ton nom de ma mémoire,
Ne sortira jamais,
Je chanterai ta gloire
Et tes divins bienfaits. ✶ C'est ma, &c.

7. Sorti de l'esclavage
Où j'ai long-temps été,
Je te veux en hommage
Offrir ma liberté. ✶ C'est ma, &c.

X L. *Un Chrétien méditant sur le Mystere de la
Naissance de Jesus-Christ.*
Sur l'Air : *A minuit fut fait un reveil.* Chant 30.

1. **A**Imable Enfant qui nais pour moi,   *bis.*
   Je ne veux plus aimer que toi,   *bis.*
Je veux me joindre aux Anges,
Et faire mon plus doux emploi
De chanter tes loüanges.

2. Pour m'assurer un doux repos   *bis.*
Tu viens de t'exposer aux flots,   *bis.*
Tu calmes mes allarmes,
Tu te soumets à mille maux
Pour m'épargner des larmes.

3. Que tout l'enfer soit contre moi ,　　*bis.*
Il ne m'inspire plus d'effroi ;　　*bis.*
Pour moi tu prens les armes ,
C'en est assez , celeste Roy ,
Je ne sens plus d'allarmes.

4. Tu calmes ton Pere en courroux　　*bis.*
Tu te presentes à ses coups ?　　*bis.*
Tu prens sur toi mon crime ;
Et tu te fais un sort bien doux
D'en être la victime.

Je n'ai rien vû jusqu'à ce jour　　*bis.*
De comparable à ton amour.　　*bis.*
L'amour t'a fait descendre
Du haut des Cieux en ce séjour ,
Que cet amour est tendre !

6. Je vais brûler des mêmes feux ,　　*bis.*
Reçois l'hommage de mes vœux ,　　*bis.*
Mon cœur long-temps rebelle
Veut être tel que tu le veux ,
Tu l'as rendu fidelle.

　　X L I. *Sur la Nativité de Nôtre-Seigneur.*
Sur l'Air : *Dans nos bois Sylvandre s'écrie.* Ch. 20.
1. DAns nos bois
　Vivons sans allarmes ,
Dans nos bois
Disons mille fois ,
Dieu ne vient naître en ces lieux que pour nous ,
Helas ! quel bonheur plein de charmes !
Dieu ne vient naître en ces lieux que pour nous ,
Helas ! helas ! que ce bonheur est doux !

　　2. Son amour
Pour nous est extrême ,
Son amour
Triomphe en ce jour.
Est-il un sort plus charmant à nos yeux ?
Helas ! c'est un Dieu qui nous aime ?
Est-il un sort plus charmant à nos yeux ?

　　　　　　　　　Helas !

Helas ! helas ! c'eft le Maître des Cieux.

3. Qu'il eft beau
Ce foleil de grace !
Qu'il eft beau
Ce foleil nouveau !
Admirons tous fon éclat, fes ardeurs,
Helas ! il n'eft rien qu'il n'efface,
Admirons tout fon éclat, fes ardeurs,
Helas ! helas ! il brûle tous les cœurs,

4. Que pour lui
Tout brûle & foupire,
Que pour lui
Tout brûle aujourd'hui :
Peut-on le voir & ne point s'enflammer !
Helas ! que d'ardeur il infpire,
Peut-on le voir & ne point s'enflammer ?
Helas ! helas ! on ne peut trop l'aimer.

XLII *Autre fur le même fujet.*

Sur l'Air : *Préparons-nous, &c.* Chant 10.

1. RAffemblons nous dans ces douces retraites,
Prenons nos haut-bois, nos mufettes,
Mêlons, mêlons nos voix au fon des chalumeaux,
Chantons, chantons nos airs les plus nouveaux.

2. Le Roi des Rois a quitté fon tonnerre,
Son Fils rend la paix à la terre,
Le Ciel nous eft propice, il calme fon courroux
Si-tôt qu'il voit fon Maître parmi nous.

3. Il vient à nous c'eft l'amour qui l'appelle
Du fein de fa gloire immortelle :
Ah ! que ce jour pour nous eft un jour glorieux ;
La terre enfin s'unit avec les Cieux.

4. Il veut lui-même expier notre crime,
Lui-même il en eft la victime !
Pour appaifer fon Pere il daigne s'immoler,
Je voy fon fang déja prêt à couler.

5. Ah ! puifqu'enfin fon heureufe naiffance
Nous rend notre chere innocence ;

D

Pour n'être pas ingrats après tant de bienfaits
Gardons-la mieux, ne la perdons jamais.

6. Monstre cruel, seul auteur de nos peines,
Peché, nous sortons de tes chaînes,
C'est trop long-temps gemir dans la captivité,
Ce jour heureux nous rend la liberté.

7. Dieu Redempteur qui finit nos allarmes,
Qu'après ce bonheur plein de charmes,
L'amour dans tous les cœurs imprime cette loi,
De soupirer & de mourir pour toi.

XLIII. *Les souffrances & la mort de Jesus-Christ,*
Sur l'Air : *La beauté la plus severe.* Chant 2.

1. AH ! que votre amour est tendre !
   Adorable Redempteur !
Votre cœur est mis en cendre
Par l'excès de son ardeur.
Vous reglez sur nôtre crime
Vos bontez en ce grand jour :
Ce beau feu qui vous anime,
Et nos pechez à leur tour,
Vous font la triste victime,
Et du crime & de l'amour.

2. La justice de la terre
Est injuste contre vous,
Et pour vous livrer la guerre
Elle s'arme de courroux ;
A la rage, à la licence
On vous laisse abandonné,
Tout un peuple qui s'avance
Contre vous est déchaîné ;
On lui livre l'innocence
Et le crime est pardonné.

3. Il vous faut une couronne
Comme étant le Roi des Rois,
Tout ce peuple vous la donne
D'un accord & d'une voix :
Mais il ne vous la destine

Que pour un nouveau tourment,
Le partage en est l'épine,
Elle en fait tout l'ornement ;
Et la Majesté divine
N'a d'éclat qu'au firmament.

4. Le plus grand des sacrifices
Reste encore à votre amour,
Aprés ces cruels supplices
Il vous faut perdre le jour.
Le courroux de votre Pere
Demande un Dieu Redempteur,
C'est la Croix, c'est le Calvaire
Qui finit votre douleur :
Le flambeau qui nous éclaire
En perd toute sa splendeur.

5. O rigueur impitoyable !
O bourreaux trop inhumains.
Votre haine est implacable,
La fureur conduit vos mains.
Pour le prix de votre crime
Il devroit vous perdre tous :
Mais c'est l'amour qui l'anime,
Il renonce à son courroux,
Et la voix de la Victime
Crie encore merci pour vous.

LIV. *Reflexions amoureuses au pied de la Croix.*
Sur l'Air : *Je ne veux de Tircis.* Chant 21.

1. QUel miracle d'amour je voi devant mes yeux,
C'est pour moi que Jesus soupire.
C'est pour moy qu'il souffre en ces lieux,
C'est enfin pour moi qu'il expire.

2. Cet Agneau tout sanglant en Croix est attaché,
Il veut pour moi calmer son Pere,
Et prenant sur lui mon peché
Il expire sous sa colere.

3. Tendre amour je ne puis me plaindre de mon
    sort ;

Ah ! que mon ame en est ravie !
A mon Dieu tu donne la mort ,
Mais sa mort m'a rendu la vie.

4. C'est par toi,c'est pour moi que son sang a coulé;
Je dois l'aimer autant qu'il m'aime ,
Pour moi seul il s'est immolé :
Ah ! je veux m'immoler de même.

5. Soupirons à jamais, pleurons ce triste sort ;
Puisqu'un Dieu meurt , cessons de vivre ;
C'est pour nous qu'il cherche la mort ,
Au tombeau nous devons le suivre.

6. Mais pourquoy déplorer sa mort en ce grand
           jour ,
Nous la devons benir sans cesse ;
Répandons des larmes d'amour ,
Et non pas des pleurs de tristesse.

7 C'st pour nous trop aimer qu'il souffre le trépas,
Amons sans cesse un Dieu si tendre ;
Ah ! pourquoi ne nous rendre pas ?
Tout son sang nous dit de nous rendre.

8. Que chacun en l'aimant expire sur sa croix,
Qu'on pienne part à son supplice ;
Ses soupirs , sa mourante voix
Nous demandent ce sacrifice.

9. Dieu charmant , vous vivez & vous meurez
          pour nous ,
C'est un exemple qu'il faut suivre :
Il nous dit assez que pour vous
Nous devons & mourir & vivre.

XLV. *La Resurrection de Jesus-Christ.*

Sur l'Air : *Préparons-nous* , &c. Chant 10.

1. AH ! que le ciel à nos vœux est propice ,
   Aprés un sanglant sacrifice ,
Le Fils de l'Eternel par son divin effort
Sort du tombeau , triomphe de la mort.

2. L'affreuse mort à ses ordres fidelle
Frappa sa nature mortelle ;

Mais le troisiéme jour il est ressuscité
Tout éclatant de sa Divinité.

3. Il est vainqueur, j'apperçois Magdeleine,
Qui suit le transport qui l'entraîne,
Les Gardes qu'on a mis autour de son tombeau
L'ont vû briller comme un Soleil nouveau.

4. Ah ! que pour nous son amour est extrême,
Il a surmonté la mort même ;
Aprés avoir tiré tous les mortels des fers,
Il a brisé les portes des enfers.

5. Pour achever la défaite du crime,
Il va le chercher dans l'abîme ;
Des Peres gemissans il étoit attendu,
L'heureux repos leur est enfin rendu.

6. L'affreux tyran de l'empire des ombres
Fremit dans ses creux les plus sombres :
Les plus cruels transports s'emparent de son cœur,
Dans les enfers il trouve un Dieu vainqueur.

7. O jour heureux, jour rempli d'allegresse,
O jour que l'on chante sans cesse.
O le plus beau des jour ! O jour le plus parfait,
O jour enfin que le Seigneur a fait.

8. Que notre sort sera digne d'envie,
Quels biens combleront notre vie ?
Si, lorsqu'un Dieu vengeur nous la rend aujoud'hui
Nous allons vivre à jamais comme lui.

9. Puisqu'il finit un cruel esclavage,
Faut-il y gemir davantage ?
Puisqu'il nous mene aux cieux en nous tirant des
Faut-il encore tomber dans les enfers ?   [fers,

10. Quand nous voyons sa lumiere immortelle
Sortir de la nuit éternelle,
Et qu'il veut bien nous mettre au comble de nos
Ne veüillons pas nous rendre malheureux. [vœux

11. Cruel trépas, triste fruit de nos crimes,
En vain contre nous tu t'animes :
Celui qui t'a vaincu te chasse pour jamais.
Auprés de lui nous allons vivre en paix.   D iij

XLVI. *La glorieuse Ascension de Jesus-Christ.*

Sur l'Air : *Quel plaisir d'aimer sans contrainte.*
Chant 25.

1. QUel astre éclatant ✶ Je decouvre,
Je voy à l'instant ✶ Le Ciel qui s'ouvre :
Quel soleil nouveau ✶ Dans sa carriere ;
Non, rien n'est si beau ✶ Que sa lumiere.

2. Ah ! C'est le soleil ✶ De justice,
Sortons du sommeil ✶ Quittons le vice ;
C'est le Redempteur ✶ De tout le monde ;
Qu'à tant de splendeur ✶ Chacun réponde.

3. A monter aux Cieux ✶ Il s'apprête :
Qu'il est glorieux ✶ De sa conquête.
Vainqueur des enfers ✶ Et de leur rage
Il met l'Univers ✶ Hors d'esclavage.

4. On voit sur ses pas ✶ Les saints peres,
Braver leur trépas ✶ Et leur miseres :
Heureux désormais ✶ Par sa victoire,
Ils vont à jamais ✶ Chanter sa gloire.

5. Deja tous les airs ✶ Retentissent
Mille doux concerts ✶ Se réünissent :
Et tout à la fois ✶ Les chœurs des Anges
Ne font qu'une voix ✶ Pour ses louanges.

6. Suivons tour à tour ✶ Ce beau zele,
Pour grossir sa cour ✶ Dieu nous appelle :
Que d'un cri joyeux ✶ Chacun réponde :
N'aimons que les Cieux ✶ Quittons le monde.

XLVII. *Invocation du Saint-Esprit pour la Pentecôte.*

Sur l'air : *Vous ne devez plus attendre.* Chant 18.

1. SOurce divine & feconde
De la plus parfaite ardeur,
Esprit Createur
Venez remplir le monde ;
Venez, venez, lumiere sans seconde,
Venez, hâtez-vous,
Venez regner sur nous.

Qu'au fort le plus doux
L'Univers par son zele réponde.
Venez, venez, lumiere sans seconde,
Venez, hâtez-vous,
Venez regner sur nous.

2. Que ne doit-on pas attendre
De vos amoureux bienfaits,
La grace & la paix
Sur nous se vont répandre.
Venez, venez hâtez vous de descendre,
Comblez tous nos vœux,
Venez nous rendre heureux.
De vos plus beaux feux
Brûlez-nous, que nos cœurs soient en cendre,
Venez, venez, hâtez vous, &c.

3. Vous allez tarir nos larmes,
Nos malheurs s'en vont finir,
La paix va bannir
La guerre & les allarmes.
Versez, versez des biens si pleins de charmes,
Versez votre amour
Sur cet heureux séjour.
Que dans ce beau jour
A vos loix chacun rende les armes.
Versez, versez, &c.

4. Ah ! notre bonheur commence,
Ah ! nos vœux sont exaucez :
Ces feux dispersez
Font voir votre presence.
Regnez, regnez, comblez notre esperance,
Montrez à nos yeux
Le vrai chemin des cieux :
Trésor précieux,
Répandez votre heureuse abondance,
Regnez, regnez, comblez notre esperance,
Montrez à nos yeux
Le vrai chemin des Cieux.

XLVIII. *Les Mysteres qui concernent la Ste Vierge.*
Sur l'air, *Sans crainte dans nos prairies.*

Chant 18.

1. CHantons l'admirable Mere
Du Fils de Dieu tout-puissant,
Nous lui devons un soin reconnoissant,
Tâchons de la satisfaire,
Solemnisons ses mysteres sacrez,
Qu'ils soient par tout à jamais reverez,

Sa Conception.

2. La grace qu'elle a reçuë
Surpasse tout autre bien,
L'affreux peché sur elle ne pû rien,
Sans tache elle fut conçüë.
Ses chastes flancs pour produire un soleil
Devoient briiler d'un éclat sans pareil.

Sa Nativité.

3. Heureuse fut sa naissance,
Heureux fut tout l'Univers,
Elle ne vient que pour briser nos fers,
Que pour réparer l'offence
Du triste Adam, ce fameux criminel,
En nous donnant le Sauveur éternel.

Sa Presentation.

4. Elle est presentée au Temple,
Pour n'être qu'au Roy des Rois.
Pour nous montrer à faire un si beau choix
Au monde elle sert d'exemple.
Elle nous dit par ce soin amoureux
Que c'est Dieu seul qui merite nos vœux.

L'Annonciation.

5. Elle est & Vierge & feconde,
Un Dieu veut naître en ces lieux :
Sur elle seule il a jetté les yeux
Pour rendre la paix au monde :
Un Messager du celeste séjour.
Lui fait sçavoir ce Mystere d'amour.

La Visitation.

6. Déja du Sauveur enceinte
Brûlant d'un amour parfait ,
Elle s'en va chercher Elisabeth ,
Son cœur bannit toute crainte ;
Ce fut alors que l'agneau Redempteur
Sanct fit son heureux Precurseur.

La Purification.

7. Aprés l'heureuse naissance
D'un Dieu maître des mortels ,
Elle veut bien aux pieds des saints Autels
Montrer son obéissance ;
Sa pureté l'en devoit dispenser,
Mais devant Dieu peut-on trop s'abaisser.

Sa Mort & son Assomption.

8. Aprés sa mortelle vie ,
Apiès son heureux trépas ;
Pour y jouir d'un sort rempli d'appas
Au Ciel elle fut ravie.
Les habitans du celeste sejour
Sont empressez à lui faire la cour.

XLIX. *Le dégoût qu'on a pour le monde quand on
en connoît la vanité.*

Sur l'air de *Joconde.* Chant 5.

1 PLaisirs trompeurs , retirez-vous ,
Je méprise vos charmes ;
Ce qu'on y trouve de plus doux
Nous coûte trop d'allarmes ;
Vous avez beau flatter mes sens
Avec un soin extrême,
Tous vos efforts sont impuissant ,
Ce n'est plus vous que j'aime.

2. Votre douceur m'avoit surpris ,
Je la croyois parfaite :
Mais j'en connois enfin le prix ,
Et mon cœur la rejette.
Retirez vous , je suis vainqueur ,

Fuyez sans plus attendre :
Je vous avois donné mon cœur,
Je viens de le reprendre.

   Je ne veus plus aimer que Dieu ,
C'est lui seul qui peut plaire :
C'est lui qui commande en tout lieu ,
C'est lui qui nous éclaire :
C'est lui qui sçut former de rien
Le Ciel , la Terre & l'Onde ;
Enfin c'est lui qui du vrai bien
Est la source feconde.

   4. Il me previent par son amour ,
J'en vois par tout des traces.
Il me dispense chaque jour
Quelques novelles graces.
Comme Sauveur & comme Roy.
Je lui dois tout hommage ,
Il a versé son sang pour moi ,
Pouvoit-il davantage ?

   5. Je ne crains plus dès aujourd'hui
Que sa main m'abandonne ;
Puisqu'il veut être mon appui ,
Il n'est rien qui m'étonne.
Il confondra mes ennemis ,
Il veut que je l'espere ;
Il daigne m'appeller son fils ,
Je l'appelle mon Pere.

   6. Par lui je vois tarir mes pleurs ,
Par lui je suis tranquile ,
Et dans mes plus pressans malheurs
Il devient mon azile :
Pour achever mon heureux sort ,
Si je lui suis fidelle ,
Il me promet aprés la mort
Une vie éternelle.

   7. Pour mériter un sort si beau
Je lui donne ma vie ;

Je veux l'aimer jufqu'au tombeau,
C'eft ma plus chere envie,
Que je vais vivre fous fes loix
Dans une paix profonde !
Adieu pour la derniere fois
Plaifirs trompeurs du monde.

L. *Qu'il eft dangereux de s'attacher aux plaifirs*
du monde.

Sur l'air : *Quand le peril eft agreable.* Chant 11.

1. AH ! que le monde eft agreable !
Le moyen de s'en allarmer ?
Comment peut-on ne pas aimer
Ce que l'on trouve aimable ?

2. Il ne fait voir que des délices
Ceft par là qu'il eft dangereux :
Un faux dehors toujours heureux
Couvre fes artifices.

3. Un vain bonheur qu'il nous deftine
Eft d'abord fuivi d'un malheur ;
A peine a-t-on cueillie la fleur
Que l'on reffent l'épine.

4. Dans le poifon qu'il nous fait prendre,
Tout nous plaît, tout nous paroît doux,
Et quand il fait fentir fes coups
On n'ofe s'en deffendre

5. A ce tyran qui nous accable
Notre cœur fe rend aifément :
Plus l'ennemi paroît charmant
Plus il eft redoutable.

6. Ah ! que l'efpoir de fes careffes
A pour nous d'aimables appas ,
Mais ce trompeur ne penfe pas
A tenir fes promeffes.

7. Il nous promet un bien fuprême,
Cependant nous n'obtenons rien :
Comment peut-il donner ce bien ?
Il ne l'a pas lui-même.

8. S'il a des biens qui puissent plaire,
On les perd, & c'est un tourment;
Ce faux bonheur paroît charmant,
Mais il ne dure guere.

9. Tous les appas qu'il fait paroître
Aussi-tôt sont prêts à perir :
Un seul moment les voit mourir,
Comme un seul les voit naître.

10. Ah ! c'en est fait, je fuis ce monde,
Il n'a plus de charmes pour moi :
Le dois je aimer, quand je le voi
Plus inconstant que l'onde ?

11. Je ne veux plus porter ses chaînes,
Pour jamais je veux en sortir,
J'acheterois un repentir
Par trop de dures peines.

12. Je ne vois rien qui m'y r'engage,
Eussent-t-ils des biens plus parfaits,
Je n'en sçaurois jouir en paix
Au milieu de l'orage.

13. Ce n'est qu'à vous, beauté suprême
Que je dois offrir tous mes vœux ?
vous pouvez seul me rendre heureux,
C'est vous qu'il faut que j'aime.

LI. *Pour la Fête de la Circoncision de Jesus-Christ.*
Sur l'air : *Le vin, charmante Iris.* Chant 34.

1. UN Dieu tout innocent s'avance vers l'Autel,
Il y paroît en criminel,
Son adorable sang commence à s'y répandre:
O ! ciel en quel état se montre l'Eternel,   *bis.*
Lorsque l'homme est si fier, lui qui sort de la cendre

2. Mortels suivez les pas d'un Dieu qui vous
conduit,
Sortez des ombres de la nuit ;
Quand ce soleil nouveau vous ouvre la carriere,
Enfin le jour revient, enfin l'ombre s'enfuit ; *bis.*
L'Univers pour jamais a reçu la lumiere.

3. Offrons

3. Offrons nos premiers vœux au Pere tout-puis-
fant,
Ayons un cœur reconnoissant,
Jesus en ce grand jour nous en donne l'exemple ;
Marchons sans balancer aprés ce cher enfant, *bis.*
Allons tous comme lui nous offrir dans son temple.

4. Il faut que nos presens se reglent sur les siens ;
Il est le Pere des Chrétiens,
Il nous veut pour enfans, soyons dignes de l'être :
C'est lui, c'est son amour qui donne les vrais biens,
bis.
Et l'homme est trop heureux de servir un tel Maître.

5. Voïons ce saint vieillard qui le tient dans ses bras,
Ah ! que son sort est plein d'apas,
Que son bonheur est grand, qu'il nous doit faire
envie,
Prenons ce saint enfant, & ne le quittons pas, *bis.*
C'est un fruit immortel & qui donne la vie.

6. Heureux ! cent fois heureux aprés tant de mal-
heurs,
Un Dieu partage nos douleurs,
Il doit souffrir la mort pour le salut des hommes,
Sa main, sa propre main daigne essuyer nos pleurs, *b.*
Et nous faire immortels de mortels que nous sommes.

7. Pour vous cœurs endurcis, qui malgré son
amour
L'avez trahi jusqu'à ce jour,
Sa mort sera pour vous une source de peines ;
Ingrats vous pouviez être heureux à votre tour, *b.*
Il a versé pour vous tous le sang de ses veines ;

8. Cedez à son amour, suivez les douces loix,
Ne soyez plus sourd à sa voix,
Allez, courrez vers lui si-tôt qu'il vous appelle.
Il est le Maître des Cieux, il est le Roï des rois, *bis.*
Il vous veut faire part de sa gloire éternelle.

9. Jesus tendre Sauveur, nous marchons sur vos pas,
Ah ! ne nous abandonnez pas,

Dans ce mortel séjour, dans ce vallon de larmes ;
Si-tôt que l'on vous perd, on trouve le trepas , *bis.*
On ressent loin de vous de mortelles allarmes.

10. Vênez, brûlez nos cœurs de vos celestes feux,
Vous pouvez seul nous rendre heureux ,
Et nous n'en croïons plus aux promesses du monde,
Comment cet imposteur peut-il combler nos vœux,
    bis.
Des malheurs des humains c'est la source feconde.

   L I I. *Pour la Fête de l'adoration des Rois.*
Sur l'Air : *Valdec ce grand Capitaine.* Chant 36.

1 UNe étoile singuliere
  Brille dans le firmament ,
Trois Rois pleins d'étonnement
Veulent suivre sa carriere :
Ce bel astre les conduit
Par l'éclat de sa lumiere ,
Ce bel astre les conduit
Dans les ombres de la nuit.

  2. En Judée ils arriverent
Brûlant d'une vive foy ;
Herode en étoit le Roy ,
Tous trois ils le visiterent ;
En parlant d'un Roy nouveau ,
De frayeur ils le glacerent ,
En parlant d'un Roy nouveau
Qu'ils cherchoient dans le berceau.

  3. Il assemble Scribe & Prêtre ,
Pour apprendre quel séjour ,
Le Christ qu'on attend un jour ,
A daigné choisir pour naître ;
Bethléem est ce saint lieu
A ce qu'ils luy font connoître ,
Bethléem est ce saint lieu
Selon les decrets de Dieu.

  4. Il répond à ces Rois Mages ,
Affectant un air joyeux ,
Que le Christ venu des Cieux ,

N'eſt pas venu ſur les rivages ;
Qu'il eſt né dans Bethléem,
Qu'ils y portent leurs hommages,
Qu'il eſt né dans Bethleém,
Et non dans Jeruſalem.

5. Revenez, dit-il encore,
Pour me faire tout ſçavoir ;
C'eſt mon Maître, & mon devoir
Veut auſſi que je l'adore ;
Vous venez en ce ſéjour,
Des rivages de l'aurore,
Vous venez en ce ſejour,
Je vous dois ſuivre à mon tour.

6. Sans ſoupçon pour ce coupable,
Ils y marchent à grands pas ;
L'aſtre ne les quitte pas ;
Mais enfin choſe admirable !
Il s'arrête ſur un lieu
Qui n'eſt qu'une pauvre étable,
Il s'arrête ſur un lieu
Qui n'eſt pas digne d'un Dieu.

7. Par la foy qui les éclaire,
Ils y vont chercher l'enfant ;
Ils le trouvent en entrant
Entre les bras de ſa Mere :
Par le plus profond honneur
Ils s'empreſſent de luy plaire ;
Par le plus profond honneur
Ils adorent leur Seigneur.

8. Ils preſentent pour hommage
L'or, la mirrhe, avec l'encens
Sur les Rois les plus puiſſans
Ils luy donnent l'avantage,
Qu'ils ſont dignes par ce choix
De porter le nom de ſages ;
Qu'ils ſont dignes par ce choix
De donner par tout des loix.

LIII. *Pour la Purification de la sainte Vierge.*
Sur l'Air: *Préparons-nous pour la Fête nouvelle.* C. 105

1. O Vierge Sainte à la loi tres-fidelle ;
   Peut-on trop chanter votre zele,
Sans tache & sans défauts vous allez à l'autel,
Vous presenter aux yeux de l'Eternel.

2. Vous presentez votre Fils dans le temple,
Quel soin amoureux, quel exemple !
Vous nous montrez assez qu'on doit offrir à Dieu
Tous les tresors qu'on aime en ce bas lieu.

3. D'un saint vieillard vous voyez l'allegresse,
Quels sont ses transports de tendresse ?
D'avoir entre ses bras le Fils de l'Eternel,
Et le salut du peuple d'Israël.

4. Vous secondez le beau feu de son ame,
Son zele aussi-tôt vous enflamme,
En vain il vous annonce un glaive de douleur,
Vous l'entendez sans changer de couleur.

5. Si la blessure en doit être profonde,
Ce trait doit sauver tout le monde,
Le sang de votre Fils est le salut de tous.
Avec vos pleurs il coulera pour nous.

6. La charité qui pour nous vous anime
Choisit votre cœur pour victime,
C'est pour le genre humain que vous formez des
            vœux,
Votre bonheur est de nous rendre heureux.

7. De vous aimer qui pourroit se défendre,
Est-il une Mere plus tendre ?
Je vais vous imiter, & je vous fais serment
De vous aimer jusqu'au dernier moment.

8. Vous m'exaucez, vous voulez que j'espere,
Le ciel est pour moy sans colere ;
Je trouve auprés de vous la source du vrai bien,
Votre cher Fils ne vous refuse rien.

LIV. *Les Commandemens de Dieu.*
Sur l'Air: *Cherchons la paix dans cet azile.* Chant. 2.
Un seul Dieu tu adoreras.

1. Il n'est qu'un Dieu dont la parole
De l'Univers est tout l'appui;
Il te nourrit, il te console:
Mais si tu fuis ingrat jusqu'aujourd'huy,
Songe à briser toute autre idole,
Il faut n'aimer & n'adorer que lui.

Dieu en vain ne jureras.

2. N'outrage point ce Roy suprême,
Ce Roy si grand, si reveré,
Prendre à témoin ton Dieu lui-même,
Quand ce seroit sans t'être parjuré,
Cet attentat est un blasphême,
N'atteste plus en vain son nom sacré.

Le Dimanche tu garderas.

3. Observe bien le saint Dimanche,
Dieu le consacre à son honneur;
Sur les Autels son cœur s'épanche,
C'est en ce jour qu'un Dieu fait ton bonheur,
A ton travail il le retranche,
Et ce grand jour est le jour du Seigneur.

Pere & mere honoreras.

4. Pour les auteurs de ta naissance
Plein de respect, brûlant d'amour,
Soumets ton cœur à leur puissance,
Pour vivre heureux dans ce mortel séjour,
Ne doit-on pas l'obéissance
Et la tendresse à qui l'on doit le jour ?

Homicide point ne feras.

5. Lorsque ta main est meurtriere
Elle trahit plus d'une loy;
Pour perdre enfin le sanguinaire
Tout l'Univers est un séjour d'effroy:
Comment payer le sang d'un frere,
S'il crie un jour vengeance contre toy ?

Luxurieux point ne feras.

6. Fuis avec soin toute luxure
Comme l'objet de ton horreur ;
L'auteur sacré de la nature,
Comme il est saint, n'aime que la candeur,
Devant ses yeux l'ame est impure
Dès que le corps renonce à la pudeur.

Les biens d'autruy ne déroberas.

7. Contre le vol la loy s'exprime,
Elle t'a dit jusqu'aujourd'hui,
Que tu ne peux sans faire un crime
Comme un tyran ravir le bien d'autrui ;
Dieu t'a prescrit cette maxime,
Laisse à chacun les biens qui sont à lui.

Faux témoignage ne diras.

8. Apprens qu'il faut de ton langage
Bannir toujours la fausseté,
Au Roy des Cieux c'est faire outrage,
Tout vain discours blesse sa majesté.
Ne porte point de témoignage,
Si pour soûtien il n'a la verité.

L'œuvre de chair ne desireras.

9. La Chasteté fait ton partage,
O quel tresor est-ce pour toy !
A la garder ton Dieu t'engage,
Sois bien fidele à ce suprême Roy :
Le nœud sacré du mariage
T'affranchit seul de cette sainte loy.

Les biens d'autruy ne convoiteras.

10 Ne forme point d'injuste envie
Sur aucun bien de ton prochain,
Fui cependant toute ta vie,
Le seul desir souvent est un larcin ;
De ce desir l'ame ravie
Devient coupable aussi bien que la main.

LV. *Les Commandemens de l'Eglise.*

Sur l'Air: Cherchons la paix dans cet azile. Chant 2.

Le Dimanche Messe ouiras.

1. PRends garde aux jours qu'avec justice
L'Eglise rend plus solemnels
Pour assister au sacrifice
Qui te fait voir un Dieu sur nos Autels,
Ange de paix, Agneau propice,
Il vient s'offrir pour tous les criminels.

Tous tes pechez confesseras.

2. Lorsque ton ame infortunée
Laisse le bien & prend le mal,
La Penitence est destinée
A la sauver d'un nauffrage fatal :
Ne laisse point passer l'année
Sans visiter ce sacré Tribunal.

Et ton Createur recevras.

3. Ah ! que ton sort doit faire envie !
Vois quel festin t'est présenté ;
D'un saint transport l'ame ravie ;
Connois le prix de ta felicité ;
Avec ton Dieu reçois la vie
Au même jour qu'il est ressuscité.

Les Fêtes tu sanctifieras.

4. Pour prier Dieu les jours de Fêtes
Eloigne toy des soins fâcheux,
Contre le monde & ses tempêtes
Les Temples saints sont un azile heureux ;
Dieu les remplit, ses mains sont prêtes,
A t'y donner le comble de tes vœux.

Quatre Temps, Veilles jeûneras.

5. Le jeûne rend nos corps débiles,
Mais nos esprits en sont plus forts ;
Les Quatre-Temps & les Vigiles,
Tout le Carême il faut dompter nos corps,
Ces châtimens te sont utiles,
Et de la grace attirent les trésors.

Vendredy chair ne mangeras.

6. On monte au ciel par la souffrance,
C'est le chemin qu'il faut choisir ;
Le Vendredy fait abstinance,
Le Samedy songe encore à souffrir,
Durant ces jours de Penitence
De toute viande il te faut abstenir.

Les excommuniez tu fuiras.

7. La Charité n'est point bannie
Quand un Chrétien fuit promptement
Ceux que l'Eglise excommunie
Et que sa voix dénonce expressément,
Si cette loy n'est pas suivie ;
On doit souffrir le même châtiment.

Qu'and excommunié tu seras.

8. Comme le Ciel peut mettre en poudre
Les plus puissans & les plus forts,
L'Eglise aussi lance la foudre,
Rien ne resiste à ses divins efforts ;
Cours au plûtôt te faire absoudre
Quand tu seras retranché de son corps.

TABLE DES MATIERES

contenuës dans ces Cantiques.

APROBATION.

J'Ay lû par ordre de Monſeigneur le Garde des Seaux, *Les Poeſies Chrétiennes, contenant Noels nouveaux, Chanſons & Cantiques ſpirituels, avec l'Hiſtoire de l'ancien & du nouveau Teſtament, les Pſeaumes de David, & les Cantiques de l'ancien & du nouveau Teſtament; compoſez ſur tous les plus beaux Airs anciens & nouveaux, par Monſieur l'Abbé* PELLEGRIN. Cet Ouvrage qui renferme d'agreables & d'utiles explications de tous nos myſteres, & les dogmes de nôtre Religion a été ſi favorablement reçû dans ce Royaume, & même dans les Païs étrangers, que c'eſt rendre un grand ſervice au public que d'en procurer le débit par une nouvelle édition. A Paris le 6. Aouſt 1718.

L'Abbé RICHARD.

PRIVILEGE DU ROY.

LOUIS par la grace de Dieu Roy de France & de Navarre: A nos amez & feaux Conſeillers, les Gens tenans nos Cours de Parlement, Maîtres des Requêtes ordinaires de nôtre Hôtel, Grand Conſeil, Prévôt de Paris, Baillifs, Senechaux, leurs Lieutenans Civils & autres nos Juſticiers qu'il appartiendra, Salut. Nôtre-bien amé NICOLAS LE CLERC, Libraire à Paris, Nous a fait remontrer qu'il ſouhaiteroit continuer à faire imprimer & donner au public *Les Poeſies Chrétiennes, contenant Noels nouveaux, Chanſons, & Cantiques ſpirituels, avec l'Hiſtoire de l'ancien & du nouveau Teſtament, les Pſeaumes de David, & les Cantiques de l'ancien & du nouveau Teſtament, par le Sieur Abbé* PELEGRIN; S'il Nous plaiſoit de luy accorder nos Lettres de continuation de Privilege ſur ce neceſſaires. A ces cauſes, voulant favorablement traiter ledit Expoſant, Nous luy avons permis & permettons par ces Preſentes de faire réimprimer ledit Ouvrage des Poëſies Chrêtiennes, Noels nouveaux, Chanſons & Cantiques ſpirituels, l'Hiſtoire de l'ancien & du nouveau Teſtament, Pſeaumes de David, & les Cantiques de l'ancien & du nouveau Teſtament, en tels volumes, forme, marge, caractere, conjointement & ſeparement, & autant de fois que bon luy ſemblera, & de le vendre, faire vendre & débiter par tout nôtre Royaume pendant le temps de onze années conſecutives, à compter du jour de la date deſdites preſentes; faiſons deffenſes à toute ſortes de perſonnes de quelque qualité & condition qu'elles ſoient d'en introduire d'impreſſion étrangere dans aucun lieu de nôtre obéïſſance, comme auſſi à tous Libraires, Imprimeurs & autres d'imprimer, faire imprimer, vendre, faire vendre, débiter ni contrefaire leſdites Poëſies, Noels nouveaux, Chanſons & Cantiques ſpirituels;

l'Hiſtoire de l'ancien & du nouveau Teſtament , Pſeaumes de David , & les Cantiques de l'ancien & du nouveau Teſtament en tout ni en partie , ni d'en faire aucuns extraits ſous quelque pretexte que ce ſoit ; d'augmentation, correction , changement de titre ou autrement, ſans le conſentement par écrit dudit Expoſant, ou de ceux qui auront droit de luy , à peine de confiſcation des Exemplaires contrefaits, de trois mille livres d'amende contre chacun des contrevenans, dont un tiers à Nous, un tiers à l'Hôtel Dieu de Paris , l'autre tiers audit Expoſant, & de tous dépens dommages & interêts ; à la charge que ces preſentes ſeront enregiſtrées tout au long ſur le Regiſtre de la Communauté des Libraires & Imprimeurs de Paris, & ce dans trois mois de la date d'icelles ; que l'impreſſion de cet Ouvrage cy-deſſus expliqué ſera faite dans nôtre Royaume , & non ailleurs, en bon papier & beaux caracteres, conformement au Reglement de la Librairie , & qu'avant de l'expoſer en vente , le manuſcrit ou imprimé qui aura ſervi de copie pour l'impreſſiondudit Ouvrage deſſus énoncé , ſera remis dans le même état , où l'approbation y aura été donnée és mains de nôtre tres-cher & feal Chevalier Garde des Seaux de France, le Sieur Voyer de Paulmy Marquis d'Argenſon ; & qu'il en ſera enſuite remis deux Exemplaires dans nôtre Bibliotheque publique, un dans celle de nôtre Château du Louvre , & un dans celle de nôtre tres-cher & feal Chevalier Garde des Seaux de France le Sieur Voyer de Paulmy Marquis d'Argenſon; le tout à peine de nullité des Preſentes. Du contenu deſquelles vous mandons & enjoignons de faire joüir l'Expoſant ou ſes ayans cauſe pleinement & paiſiblement, ſans ſouffrir qu'il leur ſoit fait aucun trouble ou empêchement; voulons que la Copie deſdites Preſentes qui ſera imprimée au commencement ou à la fin deſdits Livres ſoit tenuë pour duëment ſignifiée, & qu'aux Copies collationnées par l'un de nos amez & feaux Conſeillers & Secretaires foy ſoit ajoutée comme à l'Original. Commandons au premier nôtre Huiſſier ou Sergent de faire pour l'execution d'icelles tous actes requis & neceſſaires, ſans demander autre permiſſion,& nonobſtant clameur de Hare Chatre Normande, & Lettres à ce contraires ; Car tel eſt nôtre plaiſir. Donné à Paris le 11. Aouſt l'an de grace 1718. & de notre regne le troiſiéme. Par le Roy en ſon conſeil DE SAINT HILAIRE.

Regiſtré ſur le Regiſtre IV. de la Communauté des Libraires & Imprimeurs de Paris, page 358. N. 384. conformement aux Reglemens , & notamment à l'Arrêt du Conſeil du 13. Aouſt 1703. A Paris le 19. Aouſt 1708.

DELAULNE. *Syndic.*

3. cet air se raporte aux 6.9. et 28es Cantiques.
Bois charmant tranquille sa - -litude,
Lieux heureux, je n'aime plus que vous;
A l'abry de toute inqui - e - tude
Tous mes soins, tous mes momēts sont doux.
4. Cet air se raporte au 15e Cantique.
Ah que la Mort est effroyable, Pour le
Pécheur qu'un Dieu poursuit; Il voit un
Juge redoutable Dont la fureur par
tout le suit. Et dans ce jour ce cœur coupable
A ij

N'attend que l'éter-nelle   nuit
5. Cet air se raporte aux 27. 30. et 49.e cantiques.
Seig.r que vos divins bienfaits, Pour moy sont
pleins de charmes, Il m'est permis de vivre en
paix. Je ne crains plus d'allarmes: Doux Redempteur du Genre humain, Coment vous puis je rendre Tant de Trésors que vôtre main sur moy viét
de repan-dre.
6. Cet air se raporte au 43.e cantique.
Ah! que vôtre amour est tendre, A do -

rable Redempᵗ. vôtre cœur est mis en cendre
Par l'excés de son ardeur vos reglez sur nôtre
crime Vos bontez en ce grand jour, le beau
feu qui vos anime, Et nos pechez à leur
tour vous font la triste victime, Et du
crime et de l'amour vous re.   mour.
cet air se raporte au 2.ᵉ cantique.
Aprés le cours hureux d'une vie inno —
cente, Le sort qui la finit n'est pas un triste

sort; Nôtre bonheur s'augmente En
approchant du Port, On voit sans epou-vante
la Mort.
8. Cet air se raporte aux 11. 16. 23. et 33.e Cantiques.
Dieu de bonté, c'est ton amour Qui t'a ré --
duit à te faire homme; Par son ardeur qui
te consom - me, Tu nous rends hureux,
chaque jour jour. Ah! que mon ame e'n est ravie! Je ne sçaurois meriter tes bien --

J'ay trop sçû la meriter, Fils ingrat, en - -
vers mon Pere, Mais pensez, ado - -
rable Roy, Que vous êtes mort pour moy.
23. Cet air se raporte au 2.e Cantique.
Rondeau.
Un Dieu nous appelle, La saison est
belle, Courons à sa voix. Un Dieu nous
appelle. La saison est belle, Courons à
Fin.
sa voix. C'est dans la jeunesse, Qu'il
faut qu'on s'empresse De marcher sans

cesse sous ses aimables loix. Un. De
quoy sert d'attendre Quand il faut se
rendre; Peut-on se deffendre D'un si juste choix! Quel bonheur ex-treme: C'est
Dieu qui nous aime C'est le bien supréme
C'est le Roy des Roys. Un.
cet air se raporte au 12.e Cantique.
24 Rondeau
Ah! quel bonheur! Un Dieu nous aime,
Fin.
Ah! quel bonheur! Quelle douceur: Nous

fers, l'orage est déçuë, Demeure ca-
che, Marie est conçuë, sans aucun peché.
Cet air se rapporte au 36e Cantique.
Venez Divin Messie, sauvez nos jours infortunez, Venez source de vie, Venez, venez, venez : Ah! descendez hatez vos
pas, Sauvez les hômes du trépas, Secourez-
nous, ne tardez pas, Venez divin Mes--

a Paris,
Chez Nicolas le Clerc, rue S.t Jacques,
à l'Image S.t Lambert, proche S.t Yves.
avec approbation et Privilege du Roy.

min au lieu d'un faux détour; tour.
14 Cet air se raporte au 31e Cantique.
Seig.r dont la main me délivre Des fers de
mon i-niqui-té; C'est pour toy seul que
je dois vivre, si je veux vivre en
li-ber-té.
15 Cet air se raporte au 31e Cantique.
Suivons Je-sus, c'est luy qui nous
mene, Tout doit sentir ses douces ardeurs; Qu'un juste amour vers luy nous en-

12.
traîne, Et qu'à jamais il regne dans nos cœurs
16. Cet air se raporte au 19. Cantique.
Que mon destin est doux! Tout re
pond a mes vœux. Ah! ah! ah! que
je suis heureux, Ah! ah! ah! que
je suis heureux!
17. Cet air se raporte au 21. et 30. Cantiques.
objet de ma nouvelle flâme Di-
vin Amant trop long temps né - gli - -
gé; gé; Jesus je vous donne mon

ame, C'en est fait, c'en est fait mon cœur
est changé. Je ——— ge.
18. Cet air se raporte aux 1.er et 47.e Cantiques.
Ah! faut-il qu'un Dieu vous aime,
Et que vous ne l'aimiez pas, pas Il
est plein d'appas, Il est la beauté
même, Cedez, Cedez à son
amour ex-trême. Cedez, rendez-vous
A des attraits si doux. Il est mort pour

Cantiques
14
nous, A la croix il s'est livré luy
même, Cedez, Cedez à son
amour ex - - trême, Cedez, rendez vous
A des attraits si doux. doux.
19. Cet air se raporte au 7.e Cantique.
Je me desabuse aujourdhuy, Dans le
monde on sent trop d'énnuy, Je connois sa fatale ru - - se Il nous perd en nous fla - -
tant, Il promet tout, mais c'est un incons -

3. cet air se raporte aux 6. 9. et 28es Cantiques.
Bois charmant tranquille sa - - litude,
Lieux heureux, je n'aime plus que vous;
A l'abry de toute inqui - e - tude
Tous mes soins, tous mes momēts sont doux.
4. Cet air se raporte au 15e Cantique.
Ah! que la Mort est effroyable, Pour le
Pécheur qu'un Dieu poursuit; Il voit un
Juge redoutable Dont la fureur par
tout le suit. Et dans ce jour ce cœur coupable

N'attend que l'ater -nelle nuit
5. Cet air se raporte aux 27. 32. et 49.es cantiques.
Seig.r que vos divins bienfaits, Pour moy sont
pleins de charmes, Il m'est permis de vivre en
paix. Je ne crains plus d'allarmes: Doux Redempteur du Genre humain, Coment vous puis je ren --
dre Tant de Trésors que vôtre main sur moy viët
de repan-dre.
6. Cet air se raporte au 43.e cantique.
Ah: que vôtre amour est tendre, A do --

rable Redempr. vôtre cœur est mis en cendre
Par l'éxcés de son ardeur vos regléz sur nôtre
crime Vos bontez en ce grand jour, le beau
feu qui vos anime, Et nos pechez à leur
tour vous font la triste victime, Et du
crime et de l'amour vous re. mour.
Cet air se raporte au 20e cantique.
Aprés le cours huureux d'une vie inno —
cente, Le sort qui la finit n'est pas un triste

A iij

sort; Nôtre bonheur s'augmente En
approchant du Port, On voit sans epou-vante

la Mort.
Cet air se raporte aux 11. 16. 23. et 33.es Cantiques.
Dieu de bonté, c'est ton amour qui t'a re --
duit à te faire homme; Par son ardeur qui
te consom - me, Tu nous rends hureux,
chaque jour jour. Ah! que mon ame en est ra -
vie! Je ne sçaurois meriter tes bien --

J'ay trop sçû la meriter, Fils ingrat, en - -
vers mon Pere, Mais pensez, ado - -
rable Roy. Que vous êtes mort pour moy.
23 cet air se raporte au 2.e Cantique.
Rondeau.
Un Dieu nous appelle, La saison est
belle, Courons à sa voix. Un Dieu nous
appelle. La saison est belle, Courons à
sa voix. C'est dans la jeunesse, Qu'il
Fin.
faut qu'on s'empresse De marcher sans　B

cesse, sous ses aimables loix. Un. De
quoy sert d'attendre, Quand il faut se
rendre; Peut-on se deffendre D'un si juste choix! Quel bonheur ex-treme! C'est
Dieu qui nous aime, C'est le bien supreme!
C'est le Roy des Roys. Un.
cet air se raporte au 12e Cantique.
24. Rondeau
Ah! quel bonheur! Un Dieu nous aime,
Fin.
Ah! quel bonheur! Quelle douceur! Nous

fers, Tarage est deçûe, Demeure ca-
che, Marie est conçûe, sans aucun pe-
che,
cet air se raprte au 36e Cantique.
Venez Divin Messie, sauvez nos jours infortunez, Venez source de vie, Venez, venez, venez: Ah descendez hatez vos
pas, Sauvez les hômes du trépas, Secourez-
nous, ne tardez pas, Venez divin Mes--

sie, Sauvez nos jours infortunez Ve-
nez, source de vie, Venez, venez, venez.
33. Cet air se raporte au 38.e Cantique.
Ça Bergers, assemblons nous Allons voir
le Messie! Cherchons cet enfant si
doux, Dans les bras de Mari - - e. Je l'entens, il nous appelle tous, O sort di -
gne d'envi - e.
à Paris,
Chez Nicolas le Clerc rue St. Jacques,
à l'Image St. Lambert proche St. Yves.
avec approbation et Privilege du Roy.

min au, lieu d'un faux détour; tour.
14 Cet air se raporte au 31e. Cantique.
6
4
Seigr. dont la main me delivre Des fers de
mon i-ni-qui -té; C'est pour toy seul que
je dois vivre, si je veux vivre en
li-ber -té.
15 Cet air se raporte au 31e Cantique.
3
Suivons Je-sus, c'est luy qui nous
mene, Tout doit sentir ses douces ar- -
deurs; Qu'un juste amour vers luy nous en-

traîne, Et qu'à jamais il regne dans nos cœurs
16. cet air se raporte au 19. Cantique.
Que mon destin est doux! Tout re --
pond a mes vœux, Ah! ah! ah! que
je suis heureux, Ah! ah! ah! que
je suis heureux!
17. cet air se raporte au 21. et 30.e Cantiques.
objet de ma nouvelle flâme Di --
dament trop long temps né -- gli --
ge, je; Jesus je vous donne mon

ame, C'en est fait, c'en est fait mon cœur
est changé. Je ..... ge.
18. Cet air se raporte aux 1.er et 47.e Cantiques.
Ah; faut-il qu'un Dieu vous aime,
Et que vous ne l'aimiez pas pas Il
est plein d'appas, Il est la beauté
même, Cedez, Cedez à son
amour ex-trême. Cedez, rendez-vous
A dès attraits si doux Il est mort pour

14
nous, A la Croix il s'est livré luy -
même, Cedez, Cedez à son
amour ex - - trême, Cedez, rendez-vous
A des attraits si doux. doux.
19. Cet air se raporte au 7e Cantique.
Je me desabuse aujourdhuy, Dans le
monde on sent trop d'ennuy, Je connois sa fa -
tale ru - - se Il nous perd en nous fla - -
tant, Il promet tout mais c'est un incons -